EINLEITUNG

Oft sucht man nach dem, was man nicht hat, ohne zu wissen, dass man es bereits besitzt. Nur hat man so sehr außen gesucht, dass man das Innere im Leben nicht gesehen hat. Es heißt nicht umsonst:

„Liebe Deinen Nächsten wie Dich selbst!"

Doch man hat sich selbst in Mauern gesetzt, um sich zu schützen vor sogenannten Angriffen, vor sich selbst und vor anderen.

Selbstschutz der jedoch kein Schutz, sondern eine Lüge ist.

Diese Mauern so hoch gebaut, dass man an der Wahrheit und somit am Leben vorbei geht.

Die Menschen wissen nicht, wie nahe die Wahrheit ist, sie suchen sie in der Ferne. Wie traurig, sie gleichen einem Manne, der mitten im Wasser steht und vor Durst jämmerlich schreit.

Dieses kleine Buch soll denen helfen, die es wagen, endlich ihre eigenen Mauern zu durchbrechen und ihr wahres Leben und ihre wahre Liebe in die eigene Hand zu nehmen.

Dieses Buch soll denen helfen, die es wagen, ihre eigenen Grenzen zu sprengen. Es soll denen helfen, die es wagen, sich der Liebe wegen zu verändern.

Wer versucht andere oder die Welt zu verändern,
der verändert gar nichts.
Wer sich verändert,
DER verändert die ganze Welt!

Wir brauchen keine Selbstlügen oder Ausreden, um endlich zu leben und zu lieben. Ich schreibe für die, die es wagen, ihre Liebe zu entdecken und vielleicht zu entwickeln. Ich wage es nicht zu behaupten, die Liebe zu erklären oder die Liebe erklären zu können. Jedoch möchte ich mit diesem Buch zurück zur Liebe finden und auch Menschen helfen, die auch diesen Weg einschreiten wollen. Ich habe die Liebe umschrieben in diesem Buch, habe versucht der Liebe näher zu kommen, indem ich gelernt habe, die Liebe zuzulassen und mich nicht mehr gegen sie zu stellen aus Angst oder vor Schmerz.

Ich möchte aber auch mit diesem Buch Menschen helfen, die häufiger diese Gefühle haben, sie aber nicht äußern können, und biete ihnen an, diese Briefe ihr eigen zu nennen und sie für ganz bestimmte Menschen, und zwar für die, die sie lieben, zu benutzen.

Wie sagte einst ein weiser Mann:

> „Jedes Wort, jeder Satz schon einst gesagt.
> Jeder Ton und jedes Lied schon einst gespielt.
> Jede Farbe und jedes Bild schon einst gemalt.
> Sie sollen helfen und beistehen,
> wie sie es schon einmal taten."

Nutzt diese Briefe und Geschichten, wenn ihr sie verstehen und nachempfinden könnt. Nutzt diese Liebesbriefe für euch, aber bitte auch nur dann, wenn sie aus eurem Herzen heraus kommen.

Aber vor allem möchte ich mit diesem Buch Dank sagen, und zwar den Menschen, die mich einst so weit brachten.

Die bestimmten Liebesbriefe widme ich den Menschen, für die sie einst bestimmt waren, und möchte mich somit bei jedem Einzelnen nochmals bedanken.

Ich möchte Dank sagen den Menschen, die mich mein Leben lang begleiteten und die mir gute und auch schlechte Gefühle und Zeiten gaben, aber vor allem die Liebe.

Des weiteren möchte ich aber auch bei den Menschen um Verzeihung bitten, die in der Zeit unter meinen Gefühlen gelitten haben, bis ich die Liebe verstand und mich ihr geöffnet habe.

Somit bitte ich um Verzeihung und bedanke mich vor allem bei Christine und bei Waltraud (Wally) sowie bei Claudia, bei Silvia, bei Maria, bei Agnes.

Auch möchte ich Dank zwei Menschen sagen, die mir beistanden, als ich nicht mehr weiter wusste. Danke Karin E. und Silke M. sowie den anderen Menschen, die mich begleiteten und die mir ihre Liebe gaben, denn nur durch euch ist dieses Buch für mich möglich gewesen, und die damit verbundenen Gefühle.

Euch allen wünsche ich die Liebe, das Glück, das zu euch gehört, auf dass ihr es findet und auch zulasst.

DANKE!

Doch widmen möchte ich dieses Buch der Liebe.

Die Liebe ist nicht schlecht.

Nur was wir daraus machen ist es.

Ich möchte mit der nächsten Geschichte den Unterschied zwischen Bauch- und Herzliebe verdeutlichen.

Es ist richtig, dass man auch mit der Bauchliebe glücklich werden kann. Aber das wahre Glück ist immer nur aus dem Herzen heraus zu finden.

DAS GLÜCK

Das Glück, das Glück ist nicht immer zu verstehen. Auch wenn man glaubt glücklich zu sein, kommt irgendwann die Frage: „Warum fehlt mir was? Bin ich wirklich glücklich?" Die Antwort ist oft erschreckend und macht häufig große Angst. Man kann glücklich sein, ohne richtig glücklich zu sein.

Das hat mir die alte Eule beigebracht. Ich war einst ein kleiner Vogel und leider, ich weiß nicht wie es kam, verlor ich meine Eltern. Ich war noch zu klein, um allein zu überleben. Ich irrte durch den dunklen Wald und wusste nicht mehr weiter.

Ich hatte so große Angst. Und alles war so fremd für mich. Ich wusste nicht, was ich tun sollte und war ganz allein. Alles war so groß und beängstigend für mich. Obwohl sich nichts bewegte, außer was der Wind vollbrachte, schien mich alles einzusperren, mich festzuhalten.

Ich hatte Angst.

Eine alte Eule beobachtete mich und sagte: „Was machst Du denn hier so allein im großen Wald?"

Ich erschrak und zuckte zusammen. Ich wusste nicht, wo das herkam. Ich schaute mich um, drehte mich und war so verängstigt.

Da sah ich sie, die alte Eule, ich hatte damals sehr große Angst, wusste ich doch nicht, was da auf mich zukam.

„Hab keine Angst und rede doch mit mir, ich tue dir bestimmt nichts!" „Wer, … wer, … wer bist Du?" fragte ich verängstigt. „Ich bin die alte Eule und eigentlich kenne ich hier jeden im Wald. Nur dich, dich kenne ich nicht." Ich fing an zu weinen und sagte: „ Ich habe meine Eltern verloren und bin ganz alleine." „Oh, das tut mir aber leid."

Sie beobachtete und musterte mich. Nach einer Weile sagte sie:

„Dann komm mit zu mir. Ich werde dir helfen." Zögernd schaute ich sie an. „Nun komm schon. Hab keine Angst. Ich war auch mal klein und habe auch eigene Kinder großgezogen." Ich hatte zwar große Angst aber die alte Eule schien mir damals so lieb zu sein, und was blieb mir sonst übrig. Später sollte mir klar werden, dass diese Entscheidung die richtige gewesen war. So ging ich zur alten Eule. Sie zog mich groß. Sie brachte mir vieles bei und gab mir ihre ganze Liebe. Fast alles, was ich heute weiß, habe ich von ihr gelernt. Doch sie sagte mir nie, wer oder was ich bin.

Sie beantwortete alle meine Fragen, nur diese Fragen beantwortete sie nicht. Immer wenn ich sie danach fragte, sagte sie: „Das, mein Kleiner, wirst Du schon selber heraus finden müssen." Damals war das gar nicht so schlimm für mich, es war im ersten Moment ja gar nicht wichtig. Aber so wurde ich älter und mit der Zeit wurde die alte Eule alles für mich.

Ich fühlte mich bald sehr wohl bei ihr, und ich war ihr gelehriger Schüler.

Sie zog mich mit Liebe groß und stand mir immer mit Rat und Tat zur Seite. Sie wusste auf jede Frage eine Antwort. Sie war halt sehr weise.

Sie war mein zuhause, und ich wusste damals schon, zuhause muss mehr sein, als nur ein Wort.

Ich war einfach sehr glücklich, und ich wollte nicht mehr anders leben.

Sicher, ab und zu fehlte mir etwas, aber ich wusste nicht was. So verdrängte ich dieses Gefühl schnell wieder. Andere Male spürte ich eine Sehnsucht.

Ich wusste jedoch nicht wonach. Eigentlich war ich glücklich.

Eigentlich!

Aber irgend etwas war da. Die Tage zogen ins Land, und ich wurde mit Hilfe der alten Eule reifer. Ich lernte viele neue Freunde kennen, und alle bewunderten mich wegen meiner Mutter, denn sie war die weiseste Eule im ganzen Wald! Eines Tages lernte ich einen neuen Vogel kennen. Irgendwie fühlte ich da etwas Neues in mir. Wir spielten miteinander, tollten, flogen miteinander, aßen miteinander. Eine ganz neue Welt tat sich mir auf.

Die alte Eule spürte das und schien deswegen sehr traurig zu sein. Ich fragte sie, was los wäre und was passiert sei, doch sie antwortete nur:

„Jetzt ist die Zeit gekommen." „Welche Zeit, was meinst du?" „Warte es ab, du wirst es schon verstehen." Die Zeit verging, und es trat eine Veränderung ein. Und es kam wieder hoch, ich bekam wieder Angst, so wie damals. Es war zwar alles so vertraut und doch so neu. Alles drehte sich in mir. Ich verlor den Boden unter meine Füßen. „Mutter, was ist mit mir los?" „Nichts mein kleiner Freund. Es ist nur die Veränderung!" „Was für eine Veränderung? Ich will keine Veränderung. Mir gefällt es so, wie es ist!" „Habe keine Angst davor. Ich wusste, dass dies irgendwann geschieht. Man verändert sich sein ganzes Leben. Und man darf zwar nie die anderen übersehen, aber vor allem muss man sich treu bleiben. Jeder muss nach seinem Glück fragen." „Aber ich bin doch glücklich!" „Ich weiß mein Kleiner. Aber du wirst noch vieles lernen müssen. Vieles, was ich dir nicht beibringen kann. Auch das es Unterschiede im Glück gibt."

„Nein, nein, nein. Ich will das aber nicht! Ich will nicht, dass sich etwas ändert! Ich bin glücklich und so soll es bleiben." „Ganz ruhig. Du hast nur Angst vor der Veränderung, weil du sie nicht kennst, doch ganz tief in dir weißt du, dass sie kommen wird, dass sie schon im Gange ist. Sei dir gegenüber immer ehrlich, und du wirst sehen, dass es sogar besser für dich ist. Dein ganzes Leben kann davon abhängen. Und solange du dir selber nicht etwas vormachst, solange du dich selber nicht belügst, solange du dir selber immer offen und ehrlich gegenüber stehst, zu dir und zu deinen Gefühlen, solange wirst du immer das Richtige tun. Auch wenn du zweifelst. Aber auch wenn du dich irren solltest, wirst du lernen, dass es gut so war. Du brauchst dir dann keine Vorwürfe zu machen, denn du hast es zumindest versucht und dein Bestes gegeben. Und wir müssen auch schon einmal Fehler machen, woraus sollten wir sonst lernen?"

Ich schaute sie nur verzweifelt an. „Ich weiß, dass ist alles nur sehr schwer zu verstehen. Aber du musst deinem Lebens zuliebe offen bleiben. Auch wenn es sehr schwer fällt und wenn es weh tut. Mach nicht die Tore zu, die du vielleicht noch einmal durchschreiten wirst." „Ich verstehe dich nicht, wie kann ich denn lernen, wenn ich nicht einmal weiß, was in mir vorgeht. Wie kann ich wissen, dass ich das Richtige tue, wenn ich nicht mal weiß, was richtig oder falsch ist?" „Du weißt es bereits. Nur deine Angst ist so groß, dass du dir selber gegenüber nicht ehrlich bist. Du machst dir selber etwas vor. Du hast so große Angst vor der Wahrheit, die schon in dir steckt, weil du sie noch nicht richtig kennst und du sie nicht verstehst. Auch weil sie dir noch viel mehr Arbeit und Sorgen macht, als du jetzt schon hast. Lerne dir gegenüber ehrlich zu sein, und du wirst sehen, dass die Wahrheit immer klarer wird. Du wirst lernen müssen, dass die Veränderung auch oft schwere Entscheidungen und Schmerzen mit sich bringt. Aber es geht nicht anders. Beim schönsten Regenbogen muss auch Regen sein."

„Ich will aber keine Entscheidungen treffen, und ich will auch keine

Schmerzen! Warum kann es nicht so sein wie vorher?" „Weil die Veränderung schon im Gange ist, und die Wahrheit kann man nicht ewig verdrängen! Man kann sie nur verzögern." „Aber wenn ich doch gar nicht weiß, was die Wahrheit ist. Was ist, wenn ich sie falsch deute?" „Sei dir gegenüber immer ehrlich, trotz des Schmerzes. Lerne mit den guten und auch mit den schlechten Gefühlen zu leben. Öffne deine Augen, auch wenn es dir schwer fällt, und auch wenn es dir sehr weh tut. Glück und Schmerz werden immer zusammen sein. Eins kommt ohne das andere nicht aus. Aber das Glück ist immer größer als der Schmerz, wenn du die Wahrheit zulässt. Solltest du die Augen jedoch vor der Wahrheit verschließen, wird sie irgendwann durchbrechen und der Schmerz ist bis dahin gewachsen." Es drehte sich alles in mir. Ich wusste nicht mehr ein noch aus. Ich spürte Tränen in meinen Augen, mein Herz schien zu zerreißen. Auch der Eule schien es nicht besser zu ergehen.

Doch auch spürte ich in ihr eine Art Glücksgefühl. Das verwirrte mich alles so sehr. Alles war so neu und es tat so weh.

Doch irgendwie wusste ich, dass sie recht hatte, doch verstand ich es nicht. Sie sah meine Verwirrtheit und schaute mich an und sagte: „Nun ist Zeit, dir viel Glück zu wünschen für dein weiteres Leben." Alles schien sich in mir zu brechen. „Warum?" „Es geht jetzt um dich allein und nur das zählt." „Aber ..., aber ...?" „Nein, ich weiß, dass du gerne bei mir bleiben würdest, und ich weiß auch, dass du bei mir glücklich bist. Doch dein wahres Glück liegt dort draußen und nur darauf kommt es an! Du wärst immer glücklich gewesen bei mir, doch lerne und nach etwas Zeit wird der Schmerz vergehen, und du wirst es dann schon verstehen, dass dort draußen das Glück anders ist. Und du darfst jetzt nur an dich denken. Vergiss nie, wenn das Glück kommt, halte es mit beiden Händen fest, sonst könnte es wieder vorbeiziehen. Doch wenn du nicht ganz ehrlich zu dir selber bist, aus Angst vor Schmerz das falsche Glück festhältst, dann wirst du später alles verloren haben. Denn das falsche Glück ist nur ein vorläufiges Glück, das im Winde verweht. Und das Erwachen wird dann noch schmerzvoller sein und bleiben. Stelle dich deinem Schmerz und laufe nicht vor ihm davon. Der Wahrheit kann man nicht entrinnen." Ich schaute sie nur mit Tränen in den Augen an. „Leb wohl und vergiss mich nicht. Ich werde stolz auf dich sein, wenn du zeigst, dass du dir selber treu bleibst. Ich wünsche dir, dass du glücklicher wirst als **nur** glücklich." „Aber wie ..., was ...?" „Nein, fang an dir gegenüber ehrlich zu sein und lebe wohl." Ich schaute die alte Eule lange an und wir weinten beide. Der Schmerz war sehr groß und auch die Verzweiflung. Aber ich wusste, sie hatte Recht. So wie sie immer Recht hatte!

So viele Gefühle waren in mir. Wir lagen uns in den Armen und weinten. Doch ich habe sie verstanden! „Lebe wohl, Mutter! Und danke für alles, was du für mich getan hast. Ich weiß nicht was noch kommen mag, und ob wir uns noch einmal wiedersehen. Aber vergessen werde ich dich nie! Du wirst immer in meinem Herzen sein. Ich danke dir!" Wir sahen uns noch lange an. Dann breitete ich meine Flügel aus und hob langsam ab. Die alte Eule sagte noch während ich abhob: „Nun weißt du, wer du bist, und das ist mein größtes Glück. Lebe wohl bis wir uns wiedersehen." Ich flog los, der Veränderung entgegen. Der andere Vogel zog noch seine Kreise, und ich flog zu ihm. Gemeinsam gingen wir in eine neue Zukunft. In meine Zukunft!

Seit damals ist sehr viel Zeit vergangen. Die alte Eule habe ich nie mehr wiedergesehen. Aber ich bin mit meinem Herzen oft bei ihr, weil ich gelernt habe, was sie mir beibringen wollte. Die Trennung von ihr war sehr schmerzhaft, doch sie hatte Recht! Ich musste dabei an mein Glück denken und nicht an ihres. Es war sehr schwer zu verstehen, aber wäre ich bei ihr geblieben, hätte ich weiterhin gezweifelt, und sie wäre nur die erste Zeit glücklich gewesen.

Doch hätte sie irgendwann meine Zweifel gespürt, und dann hätten wir beide gelitten. Glücklich wäre ich bei ihr auch geworden, jedoch niemals so glücklich wie jetzt. Ich wusste nicht, dass ich so glücklich werden würde. Aber ich wusste, ich musste es versuchen. Es lag nur an mir! Ich weiß nun, wer und was ich bin und stehe mir jetzt offen und ehrlich gegenüber. Man darf sich nicht vergessen und nicht vor der wirklichen Wahrheit fliehen, sondern man muss sich ihr trotz des Schmerzes stellen! Das heißt, jeden Tag aufs Neue muss ich lernen mit der Wahrheit umzugehen. Muss ich lernen, mich der Wahrheit zu stellen. Nun weiß ich, dass Glück noch lange nicht Glück heißt. Denn es gibt vor allem beim Glück Unterschiede. Bei meinem Glück darf ich zwar andere nicht übersehen, darf sie nicht übergehen. Aber ich muss vor allem bei meinem Glück an mich denken! Und auch nur nach mir fragen. Heute bereue ich nicht mehr, was ich tat, denn ich bin ein Falkenvater und habe meine Familie. Und auch meinem Kleinen bringe ich bei, was die alte Eule mich einst lehrte.

Diese Geschichte sollte lehren, dass man immer wieder unterscheiden sollte zwischen Bauch- und Herzliebe. Sicher mag auch die Bauchliebe uns etwas an Glück bedeuten und auch sehr viel geben. Doch sie kann uns niemals das geben, was uns die Herzliebe geben kann.

Doch bitte ich jeden, macht das Herz wieder auf, trotz der Schmerzen, die euer Herz einst erfahren hat. Trotz der Schmerzen, die es noch bringen kann.

Denn nur wahre Herzliebe bedeutet auch wahres Glück!

Nur die, die dich lieben,
werden deinen Weg unterstützen.
Nur die, die es nicht tun,
versuchen dich zu halten!

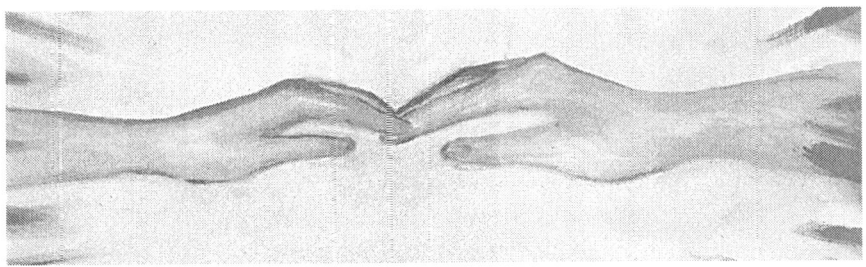

Schon ein Jahr, sanft ist unser Kampf.
Danke für die Bereicherung Dich zu kennen.
Lausche den Klängen der Musik und den Texten,
da sie klangvoller nicht sein können.
Lerne zu verstehen,
Lerne Dich kennen und sieh die Blume, die ich sehe!
Hast Du auch Angst vor einer Veränderung
so ist doch Veränderung, das Wagnis zu Leben.
Egal was auch noch kommen mag,
egal wohin es geht,
immer werde ich Dir zur Seite stehen.
Und werde warten, bis das unser Stern vom Himmel fällt.

Danke Dir für Dein Lächeln.

MEIN TRAUM!

Ein Traum ist, den ich gesehen, ein Traum der mich erweichte.
Ein Lächeln, das mich auftaute, aus einer erfrorenen Zeit.
Das Funkeln aus zwei Augen, die wie Sterne strahlen.

Das Gesicht eines Engels war es,
das mich wieder träumen ließ in einer herzlosen Zeit.

Ein Engel, der mir Hoffnung im Dunkeln gab,
Glauben und Zuversicht in meiner Verlorenheit.
Ein Engel, der mich ansah und mir seine Liebe schenkte.

Weiß nicht, woher er kam,
weiß nicht, was geschah,
doch gab ich meinen verloren geglaubten Traum in seine Hände.

Mein Traum war, nie mehr die Wahrheit tot zu schweigen,
keine Angst mehr vor dem Gefühl,
nie mehr die Liebe verlieren.
Dieser Traum war verloren.
Doch der Himmel wurde mir wieder geöffnet,
geöffnet von Dir.

Ich weiß nicht wie, aber die Liebe ist, die überlebt.
Du bist es gewesen, die mich wieder träumen ließ.
Du bist es, die mich in meinen Gedanken morgens aufweckt.
Du bist es, die mich abends ins Bett bringt.
Du bist es, die mich begleitet.
Du bist es, die mich zurück zum Leben holte.

Ich danke einem Wesen gleich wie einem Engel,
danke Dir für diesen Traum.

Lass mich niemals vergessen, dass es Liebe noch gibt!

IN LIEBE MEINEM ENGEL.

13

Ich höre das Rauschen,
rieche das Meer, spüre den Wind, der mich streichelt.
Sehe den Sonnenuntergang am Horizont und fühle mich frei.
Ich sitze hier am Strand mit meinen Gedanken,
schaue hinaus in die Unendlichkeit.
Ich bin nicht allein, eine Welle ist, die mich erreicht.
Ich fühle sie, sie ist so vertraut.
Sie neckt und kribbelt mich und ist doch für mich.
Alles hier ist in und um mich, und ich erkenne
dass Du es bist.
Diese Wärme, dieses Streicheln, dieser Geruch,
das bist Du.
Ich fühle und spüre Dich,
ich rieche und schmecke Dich.

Die Welle, der Sonnenuntergang,
der Horizont, der Wind, die Unendlichkeit.
Das bist Du.

Ich lege mein Herz in die Welle,
ich lege es in Dich
und schaue nach, wohin Du mich treibst.
Behutsam und voller Zuversicht
lege ich mein Herz neben Deines.
Lasse mich von Dir tragen und trage Dich.
Die Harmonie zwischen Dir und mir
ist der Einklang der Herzen.
Diese Ruhe in mir, das bist Du.
Ich fühle Deinen und meinen Frieden in uns.
Du bist ein Teil von mir, wie ich von Dir.
Noch bin ich nur im Gedanken bei Dir,
doch kommt die Zeit, die mit UNS ist.
Solange sitze ich hier und schaue Dich an.
Eine Träne, die meinem Auge entweicht, fließt für mich und sagt:

ich liebe DICH!

Der Berg, vor dem Du stehst, das Meer, das vor Dir liegt,
der Himmel, der über Dir ist,
alles so unüberwindbar es auch zu scheinen mag.
Auf der Klippe, auf der Du stehst, ein Abgrund,
der sich auftut vor Dir,
dessen Boden Du nicht einmal siehst.
Einer Macht des Unbezwingbaren Du Dich gegenüber siehst.
Härte, Trauer, Vergangenheit, Schmerz, Hilflosigkeit, Angst, Unsicherheit und Zweifel, dass sind Deine Gegner und Du scheinst allein,
dann bleibt Dir nur noch das Weinen.
Doch ist es nicht ganz, wie es scheint.

Ich habe Deine stillen Schreie gehört, ich habe Dich gesehen,
ich habe Dich verstanden.
Nur mit Tränen in den Augen ist man oft blind.
Kein Berg zu groß, den ich nicht für Dich bezwinge.
Kein Meer zu weit, das ich nicht für Dich durchschwimme.
Kein Himmel zu hoch, dass ich Dich nicht mehr finde.
Kein Abgrund zu tief, dass ich Dich nicht mehr erreiche.
Kein Gegner zu stark, den ich nicht für Dich bezwinge.
Keine Macht zu mächtig, dass ich ihr nicht mehr trotze.

Nein, Du bist nicht allein und auch nicht unverstanden!

Nicht immer ich auch der Perfekte bin,
nicht immer ich auch zu sehen bin, nicht immer ich zu verstehen bin,
so bin ich doch kein Nobody, kein Schatten und kein dummer Clown.
Eine Seele ich bin,
die Dich nie verlässt und die in schweren Zeiten Dich nie aufgibt.
Bringt mich auch schon mal was zu Fall,
so stehe ich doch immer wieder auf für Dich.
Frei im Herzen ich bei Dir bin, so vergiss nie,
dass wann und wo auch immer,
an Deiner Seite ich stehe und auch niemals davon abweiche.
Nicht einmal, wenn Du es willst.

EIN HERZ, DAS NOCH AN DIE LIEBE GLAUBT.

Message for Heike!

Der Wind, der mich streichelt, Gedanken die mich beleben in einer trostlosen Zeit. Sonnenstrahlen, die die Dunkelheit erleuchten.

In Gedanken sehe ich Dich. Dich, wie Du lachst,
doch spüre ich auch Deinen Schmerz.

Du kamst auf einer Welle herangeschwebt. Das Rauschen des Meeres war Deine Stimme, der Horizont waren Deine Augen, der Sonnenuntergang war Dein Lächeln, der Himmel waren Deine Haare.

Du, die meinem Leben Sinn gab, den verloren geglaubten Traum zurück holte. Du, die die Natur im Herzen trägt, die das Leben, die Liebe, das Feuer, das Wasser, den Wind, die Erde und den Himmel in sich zusammenschweißt und vereint.

Gefühle, deren Bedeutung ich einst verlor, Gefühle, die ich nicht mal mehr kannte.

Du brachtest sie mir wieder. Verschlossen ich auch war, Du öffnetest mich.

Kein Schwert, kein Dolch in der Lage war, die Tore zu meinem Herzen zu öffnen, nichts mehr die Kraft aufbrachte, mich zurück zum Leben zu führen, doch dann kamst Du.

Du kamst nicht mit Gewalt, Du kamst nicht mit Waffen, Du kamst nicht mit Macht. Du standest vor mir und lächeltest. Du sahst mich mit Glanz in Deinen Augen an und hast nicht einmal gewusst, wie sehr Du mein Herz bewegtest.

Du hast nicht versucht mich zu öffnen, Du hast es getan. Die Gefühle, die wieder da waren, sie übermannten mich. Die Welt so plötzlich sie drehte sich, doch war da auch was Neues. Nicht nur Gefühle, die einst verlernt, sondern Gefühle, die ich nie hatte, waren da in einer Menge, die größer als der Himmel war, zusammengedrückt in einem Wesen, aus Liebe und Glanz, in einem Wesen unschuldig und schön wie eine Blume, in einem Wesen das hilflos und verloren vor mir stand.

Du bist dieses Wesen, soviel in Dir, das selbst Du nicht weißt, was in Dir ist.

Hast Du auch Angst, so glaube mir Du, bist nicht allein, denn nur von göttlicher Natur mir so ein Wesen gesandt worden sein kann.

So habe ich wieder Hoffnung und Glauben.

Tief in mir, ich habe Dich gefühlt, habe Deine stillen Schreie gespürt.

Was ich durch Dich gefühlt, ist mehr noch als nur die Liebe,
ein Band, das uns verbindet.

Ein Band, das Angst macht, bist Du auch in der Ferne und leidest,
so spüre ich Deinen Schmerz, stehst Du vor mir und lachst,
so fühle ich doch Deine Tränen.

Unser Band so stark, dass nichts es mehr zerreißen kann.

Dieses Band uns eins macht. Dieses Band ein Beweis des Lebens ist. Ich
danke Gott für dieses Band mit Dir und werde es nutzen. Werde das
Geschenk des Lebens annehmen und dankbar sein, mit dem Wissen, dass
dies einmalig auf dieser Welt ist.

Ich werde es nicht vorbeiziehen lassen, sondern werde warten, bis auch Du
dazu stehst.

Doch möchte ich Dich nicht besitzen und Dich auch nicht überreden.

Du musst es selber fühlen unser Band.

Bis zu diesem Tag, an dem die Sonne wieder lacht in und um uns, danke
ich Dir, dass Du mich erwecktest aus meiner Trauer um mich, und mich
aus meinem Selbstmitleid holtest.

Nur einem Wesen war dies alles vorbehalten.

Ich danke Dir für mein Leben.
Ich danke Dir für Dich.

Doch bitte ich Dich, mir keine Maske mehr zu zeigen, die ich doch durch-
schaue, Du bist mehr Wert als jede Maske dieser Welt.

Du bist mehr Wert als das Leben.

Darum bitte ich Dich:

Komm in meinen Arm und wein,
      Kuschel Dich ganz fest hinein,

Komm in meinen Arm und träum,
      glaube mir, Du bist nicht allein!

Ich fühle wie Du!

Dein Träumer

Ich habe sie gehört, Deine stillen Schreie,
Ich habe sie gesehen, Deine Augen, die hilflos und verloren.
Ich habe gefühlt, Deinen Schmerz.
Ich habe gespürt, Deine trockenen Tränen.

Es tat weh.

Waren Deine Mauern auch hoch, sind Deine Mauern auch stark,
ich habe es gesehen.
Vor Dir saß und getroffen, wie der Pfeil in meiner Brust,
sah ich jede Träne, die nicht floss.
Ein Schmerz, der mich fast zerriss, mich traf, als ich in Deine Augen sah.
Unerreichbar Du auch tust, werde ich nicht warten,
nicht warten auf Deinen Untergang!
Werde klanglosen Worten nicht mehr lauschen, aber Deinem Herzen!
Ist Deine Angst auch groß, werde ich nicht klein beigeben!
Bist Du auch hilflos, werde ich nicht nachlassen!
Werde nicht Deine Tränen weinen, werde sie doch trocknen!
Scheinst Du auch kraftlos, so werde ich an Deiner Seite stehen!
Brauchst Du auch noch eine Menge Mut, so wirst Du ihn in mir finden!
Werde ich auch nicht im Vordergrund stehen,
so werde ich als Schatten bei Dir sein!
Nur laufe nicht mehr davon, denn aufhalten kann ich Dich nicht!
Kann nicht gegen Dich, sondern nur mit Dir sein!
Stelle Dich und spüre Dich!
Steh zu Dir und zum Leben!
Lerne zu verstehen!
Du wagst nicht zu verlieren,
doch wagst Du nur nicht zu gewinnen!
Weiß nicht was noch kommen mag,
weiß nur:

Nie las ich Dich allein, auch wenn Du mich fortschickst!

WIE MEIN HERZ AUFGING

Du lagst vor mir und hattest Deine Augen geschlossen.
Als ich Dich streichelte, als ich Dich fühlte, als ich Dich sah,
da passierte es.   Mein Herz ging auf.

Eine Welt die sich auftat, in einem Glanz und Schein, der Liebe.

Kein Regenbogen hätte farbiger …, kein Traum hätte traumhafter …,
kein Himmel hätte himmlischer …, kein Gefühl hätte stärker …,
nichts hätte schöner sein können.

Du lagst in meinem Arm mit geschlossenen Augen.

Gefühle die nur mein Engel in mir wachsen lassen konnte, durchströmten
mich. Ich kann es noch nicht glauben, doch nun weiß ich, dass es noch
Liebe gibt. Ich kannte nicht was mit mir geschah, ich fühlte Dein Herz,
spürte unseren Einklang, fühlte die Freiheit der Liebe, fühlte uns.

Mein Gott was ist geschehen. Einem Gefühl, dem Lachen und dem Weinen nah, beobachtete ich Dich, und keine Prinzessin hätte jemals schöner
sein können.

Die Gefühle hätten nicht stärker …, der Glaube hätte nicht größer …,
unsere Herzen hätten nicht näher mehr sein können.

Dieser Tanz unserer Herzen im Einklang der Gefühle immer währen soll.
Als ich Dich sah ging mein Herz auf und verschmolz mit Deinem. Noch
kann ich es nicht ganz glauben, noch habe ich es nicht ganz verstanden,
noch scheint alles was ich Dir sagen möchte zu wenig, für das was geschah.

Du hast mein Herz in der Hand, halte es ganz fest und hüte es.

Du hast zugelassen, Du hast aufgemacht, Du hast mich durch das Tor in
Dein Herz einziehen lassen. Dafür danke ich Dir.

So lasse ich Dich niemals mehr los und werde glücklich sein, in, um und
mit Dir.

Du hast gesagt, dass Du Dich wohl und glücklich in meinem Arm fühlst,
bitte lasse diese Gefühle, die wir nur gemeinsam erleben können, nicht
mehr los. Verschließe nie mehr Dein Herz vor mir und der Liebe.

Lasse nie mehr zu, dass wir uns trennen, lasse nie mehr zu,
dass der Einklang unserer Herzen endet.

Glaube mir, noch nie habe ich jemanden so sehr geliebt wie Dich!

DEIN BILD

Ich sitze vor Dir, vor Deinem Bild.
Ich lausche den Klängen der Musik und schaue Dich an.
Lasse mich tragen in einer Welle von Musik und sehe Deine Augen.
Wir haben zusammen gelacht, wir haben zusammen geweint.
Und ich sitze hier vor Deinem Foto und schaue Dich an.
Weiß noch nicht, wie es morgen aussieht, weiß noch nicht, was kommen
mag. Nun sitze ich hier und hoffe, dass diese Augenblicke ewig währen.
Weiß nicht, ob ich weinen oder lachen soll,
weiß nicht, ob ich Trauer oder Freude spüren soll.
Schaue Dich nur an!
Wie in einem Film gehen die Augenblicke an mir vorüber,
an denen wir uns trafen.
An denen Du lachtest und weintest.
An denen ich Dich sehen konnte.
Die Erinnerung Deiner Augen,
sie umschließen mich, so als würde ich hineinsteigen,
in ein großes Meer, und spüre,
dass das Meer Deine Augen sind.
Du magst manche Worte nicht hören, die ich Dir sage,
weil ich Dir zu nahe komme.
Doch soll ich lügen, soll ich die Wahrheit verschweigen?
Du hast Angst, die schönen Worte zu glauben, die ich Dir sage.
Jedoch, sie sind wahr.
Nur wirst Du nie wissen, wie wahr sie wirklich sind.
Schon wieder fühle ich mich getragen in einer Welle von Musik,
in einer Welle Deiner Augen.
Ich lasse mich fallen.
Spüre die Sinnlichkeit und die Sehnsucht der Liebe nach Dir.
In Gedanken fühlen wir uns, spüren wir uns.
Wir verschmelzen in einer Einheit, in einer Welle voller Klang und Har-
monie. Doch leider sitze ich jetzt nur vor Dir und schaue Dich an.
Und werde warten, bis ich nicht vor Deinem Foto sitze,

sondern vor Dir!

Wenn Du sagst, Du liebst das Schöne,
so liebst Du nicht mich,
denn es gibt viele, die sind viel schöner als ich.

Sagst Du, Du liebst das Intelligente,
so liebst Du nicht mich,
denn es gibt viele, die sind viel intelligenter als ich.

Sagst Du, Du liebst das Gute,
so liebst Du nicht mich,
denn es gibt viele, die sind viel besser als ich.

Doch sagst Du, Du liebst die Liebe,
so liebst Du nur mich,
denn es gibt keinen, der Dich so sehr liebt wie ich!

„Hallo Vater!" „Hallo mein Kind!" „Du Vater!" „Ja?" „Ich habe da ein Problem." „Was für ein Problem?" „Ach, ich weiß nicht mehr weiter, alles ist so verdreht." „Worum geht es denn?" „Ach ich weiß nicht so recht. Ich glaube, es geht um die Liebe." „Nun ja, wieder mal die Liebe." „Was soll das denn wieder heißen, wieder mal die Liebe?" „Ach, das hat jetzt nichts mit dir allein zu tun. Es dreht sich fast immer um die Liebe."

„Du hast ja Recht, aber ich weiß nicht mehr weiter! Was ist die Liebe, worauf muss ich achten, was muss ich beachten bei der Liebe? Wie finde ich heraus, was und wen ich liebe? Wie schaffe ich es, das Richtige zu tun? Und wie weiß ich, was das Beste ist?" „Tja, das dachte ich mir. Viele Fragen. So viele Fragen stellt nur die Liebe. Und glaube mir, es kommen noch mehr hinzu. Aber sei beruhigt. Es gibt auf all deine Fragen auch Antworten. Es ist nur nicht leicht, sie immer zu erkennen und vor allem nicht leicht, zu ihnen zu stehen. Bei der Liebe ist es wichtig, dass du etwas egoistisch bist. Aber niemals egoistisch liebst." „Wie soll ich das denn verstehen?" „Ich weiß, dass sich das merkwürdig anhört, aber ich versuche dir das näher zu erklären. Es ist wichtig, dass du die Unterschiede der Liebe kennenlernst. Zum einen gibt es die Kopfliebe, dann gibt es die Bauchliebe, doch beide sind nicht die wahre Liebe. Die wahre Liebe kommt immer nur aus dem Herzen. Weder der Kopf noch der Bauch müssen Ja sagen. Auch wenn es sich so schön anhört oder so passend scheint. Nur das Herz muss Ja sagen. Erst dann geht es weiter." „Aber wie schaffe ich das? Wie erkenne ich die Unterschiede?" „Ich versuche es mal anders. Die Liebe, die zählt nur für dich. Es muss deine Liebe sein und auch dein Glück. Und nur darauf darfst du achten. Mach nicht den Fehler und richte dich bei deiner Liebe und bei deinem Glück nach anderen. Auch nicht nach deinem eigenen Verstand oder nach deinem Bauch. Vor allem lerne, dass die Liebe zwei Seiten hat. Sie hängen immer zusammen und sind unzertrennlich. Das ist die Liebe und der Schmerz."

„Aber genau das ist es ja! Ich will doch niemandem weh tun! Und ich will auch selber keinen Schmerz verspüren!" „Ich weiß, aber genau da liegt der Hase begraben. Du musst lernen, beides anzunehmen. So wie es ist. Du kommst nicht drum herum. Du kannst das alles nur hinaus zögern. Das eine ist vom anderen nicht zu trennen. Und deshalb musst du auch beides annehmen." „Aber wie weiß ich, dass meine Entscheidung auch die richtige ist?" „Es hört sich jetzt schwierig an, aber versuche den Verstand auszuschalten und fühle mal hinein. Denke dabei aber nur an dich. Ich weiß, dass sich das nicht ganz fair anhört, aber in der Liebe darf man nur an sich denken. Man darf zwar den anderen nie vergessen oder übersehen! Aber das eigene Glück hängt nun einmal nur an dir selber! Versuche nur, dich zu fragen, was **dein Herz** will. Wenn du das weißt, dann weißt du auch, was für dich das richtige ist. Wenn du lernst, dabei nur einmal an dich zu denken und in dich hinein zu **fühlen**, wirst du erkennen, für wen du dich entschieden hast. Gehe dabei auch nicht vom Materiellen aus.

Lasse nicht deinen Verstand herrschen. Und gehe nicht vom Bauch heraus! Denn auch das ist sehr falsch. Die Bauchliebe ist die Liebe, die einspringt, wenn das Herz zugemacht hat. Aus Schmerz und Erinnerungen. Aus Angst vor neuem Schmerz, so eine Art Selbstschutz. Es ist leider nicht die echte Liebe, es ist nur Liebe auf Zeit, und ein Spiel **ohne** Glück." „Ich weiß aber nicht mehr, was ich fühle. Ich bin durcheinander und habe so viele Zweifel." „Das liegt aber an deiner Angst. Und wenn du weiterhin vor deiner Angst weg läufst und vor der Angst das Falsche zu tun, dann wird es sich auch nicht ändern. Vor allem wird aus der Herzliebe dann nichts, sondern nur die Bauchliebe. Und die erkennt leider nicht das wahre Glück. Nimm den Schmerz an als solchen, der er ist. Stell dich deiner Angst und nimm auch die Konsequenzen in Kauf. Deine Zweifel sind das Ergebnis deiner Angst. Lerne, dass **DU** das Wichtigste in deiner Liebe sein musst und auch in deinem Glück. Lerne, dass du auch den Schmerz als solchen annimmst. Du kannst nicht verhindern, anderen weh zu tun, so hart es auch klingt, wenn du an dein Glück denkst! Aber glaube mir, du tust ihnen mehr weh, wenn du ihnen die Wahrheit verschweigst und sie irgendwann erkennen, dass du sie nicht richtig liebst. Andere werden auch dir mal weh tun müssen oder haben dir bereits weh getan. Das gehört leider dazu. Man darf nicht dabei an die andere denken. Egal, wie schwer es auch sein mag." „Was soll ich nur tun, ich möchte aber keinem weh tun!"

Lerne Entscheidungen zu treffen, die für **DICH** das Beste sind. Dabei ist aber nicht der Verstand und auch nicht der Bauch gefragt. **Es ist DEIN Herz gefragt.** Denn du hast ja nur ein Leben. Lerne Entscheidungen zu treffen, die dir gut tun, die dich glücklich machen. Du solltest dich daran gewöhnen und auch annehmen, wie die Liebe wirklich ist. Denke aber auch daran, dass die Liebe kein Spiel ist, sonst verbrennst du dich! Nur wenn du lernst, dir gegenüber ehrlich zu sein und endlich nur einmal nach dir fragst, kannst du erkennen, wen und was du haben willst, und was dich glücklich macht. Du wirst vielleicht einige Male auf die Nase fallen, aber du schaffst es trotzdem glücklich zu werden, wenn du die Herzliebe zulässt. Wenn du aber nicht lernst, dich der Wahrheit, die tief in dir schlummert, zu stellen, wirst du nie dein wahres Glück finden." „Also, ich soll mal nur an mich denken, ohne den Schmerz des anderen zu sehen?!" „Du kannst ihn sehen, aber er darf dich nicht beeinflussen. Er darf dich nicht in deiner Entscheidung berühren. Ich weiß, es ist sehr schwer. Aber so ist es! Denn du musst dein Glück finden, so wie der andere sein Glück finden muss. Und wenn einer von euch beiden nicht das Glück bei dem anderen findet, kann die Beziehung nie richtig natürlich glücklich werden. Es entsteht eine Scheinwelt, aus Angst geboren, jemand anderem weh zu tun! Und der Schein trügt nicht ewig, und dann?

Dann kommt das böse Erwachen. Und das ist schlimmer, als es vorher gewesen wäre." „Ich glaube ich fange an zu verstehen. Du meinst also, dass ich für mein Glück meine Entscheidung treffen muss, ohne Rücksicht auf die anderen. Und dass ich lernen muss, mir treu zu sein." „Genau das. Ich weiß, es ist oft sehr schwer, aber auch wenn du deinen Weg finden willst, darfst du nur nach dir gehen. Und dieses Recht auch dem anderen gewähren. Der andere könnte auch irgendwann merken, dass er bei dir nicht sein Glück findet.

Würdest du dann von ihm erwarten, dass er dann trotzdem bei dir bleibt, obwohl er dann nie sein Glück finden kann?"

„Du hast Recht! Ich muss wohl lernen, dass man aus vielen Gründen lieben kann. Wie aus Mitgefühl oder Angst oder sogar Mitleid. Doch diese Liebe ist nicht echt und währt nicht ewig. Lieben kann ich nur aus dem Herzen heraus, und ich muss lernen, dass die Wahrheit in mir liegt und dass ich für mein Glück auch nur selber die Verantwortung trage. Also muss ich zu meinen eigenen Gefühlen stehen und vor allem zu mir. Muss also wieder lernen, mich verletzen zu lassen.

Es wird mir sehr schwer fallen. Aber ich weiß jetzt, dass ich *mein* und nur *mein* Glück finden muss. Egal, was das für Konsequenzen hat, für mich und für andere. Ich muss wohl wieder lernen, komplett aufzumachen und meine eigenen Gefühle zuzulassen. Ich habe doch nur ein Leben! Du hast Recht. Nun sag mir Vater, hast du immer dein Glück gefunden und das von Anfang an?" „Nein, das habe ich nicht. Auch ich habe so einiges durchmachen müssen, um irgendwann mir gegenüber ehrlich zu sein. Auch ich habe Tribut zahlen müssen. Auch ich bin oft gefallen und habe versucht aufzustehen und bin wieder gefallen. Ich habe viele Schmerzen erleiden müssen, habe aber auch viele Schmerzen erteilt. Mir tat es hinterher auch selber immer wieder leid, aber ich habe gespürt und gefühlt und selber mein Herz zugemacht. Die Liebe ist nun einmal so. Du weißt noch nicht, dass deine Mutter meine zweite Ehefrau ist. Aber ich beklage mich nicht über das, was vorher war. Denn ich hatte ja damals nicht an mein Glück gedacht, sondern hatte mich selber betrogen und somit auch meine erste Ehefrau und mein Kind. Ich habe irgendwann gespürt, dass es nicht das ist, was richtig ist und was ich richtig wollte. Aber ich habe mir lange Zeit selber etwas vorgemacht. Bis die Wahrheit sich irgendwann nicht mehr verdrängen ließ. Und glaube mir, der Schmerz war wesentlich härter, als wenn ich direkt die Wahrheit erkannt hätte oder dazu gestanden hätte. Denn in mir war sie ja schon. Heute habe ich mein Glück gefunden, aber ich habe sehr viel dafür bezahlt und darum sehr lange auf mein Glück gewartet. Ich habe es sogar sehr lange selber verdrängt. Ich habe sehr viele Fehler gemacht." „Keine Sorge, ich verstehe schon. Wenn ich also raus finden will, wen oder was ich liebe, muss ich in mich hinein schauen und darf mir selber nichts mehr vormachen, weder aus Mitgefühl noch aus Angst, nicht aus Mitleid und nicht aus eigenem Schmerz und verletztem Stolz.

Ich muss meine Entscheidung für mich treffen, egal wie es für den anderen aussieht. Da ich nur ein Leben habe, fange ich lieber gleich damit an."

Wer lernt, sich gegenüber offen und ehrlich zu sein, sich der Wahrheit zu stellen und nicht nur die Situation zu erkennen, trotz des Schmerzes, den sie mitbringen kann, trotz der Angst, die sie in sich birgt, der wird von der Liebe etwas haben.

Nur wer sich selbst gegenüber ehrlich ist, schafft es, das Herz offen zu halten und alles in einen harmonischen Einklang zu bringen und dann auch sein Glück zu finden.

Also geht bitte nicht am Glück vorbei. Egal, wie weh es tut, egal, wie viel Tränen fließen. Kein anderes Gefühl außer das Gefühl des Herzens darf sich in meiner Liebe äußern. Und nur darauf darf ich achten. Denn jeder Mensch ist wichtig im Leben, aber für das eigene Glück darf ich nur einen Menschen fragen.

Sage mir, wen fragst Du?

Meinem Ältesten geht es gut.

Meinem Zweitältesten geht es gut.

Meinem Jüngsten geht es gut.

Unserem Haus geht es gut.

Unserem Hund und unserer Katze, denen geht es gut.

Meiner ganzen Familie geht es gut.

Doch habe ich da nicht jemanden vergessen?

Am Ende Deines Lebens wird nur noch einer gefragt.

War es Dein Leben?

Die verlorene Liebe

Es ist, wie es immer war.
Nur eine Seele, die entweicht.
Es tut weh.
Nicht ein Ziel nicht erreicht zu haben schmerzt,
es nicht gewagt zu haben zu verlieren.
Es ist bitter zu verlieren,
ohne eine Möglichkeit gehabt zu haben.
Spielen ist immer ein Risiko.
Was bleibt bei diesem Spiel ist Nichts.
Eine leere Seele des Schattens.
Versprechen gebrochen, mich geöffnet, die Türe weit aufgemacht,
gewagt zu mir zu kommen, gewagt mich zu zeigen.
Was bleibt, ist der Schmerz und zu erkennen,
dass ich gar nicht offen war.
Ich dachte, ich hätte gewagt schwach zu sein, gewagt zu weinen,
doch habe ich nur nicht gewagt, ehrlich zu sein.
Einen Kampf beginnen,
wo die Ruinen schon vor der Schlacht fest stehen,
war nie ein fairer Kampf.
Nicht das Verlieren ist das, was zerstört.
Keine Möglichkeit gehabt zu haben zu gewinnen.
Masken geöffnet, Gefühle zugelassen, Seele gezeigt,
was bleibt, ist ein Schatten.
Will weinen, doch nichts da!
Will träumen, doch bin ich leer!
Will halten, find keinen Halt!
Will nicht untergehen, bin schon am Grunde!
Will eine Chance, doch es ist keine da!
Will aufgeben, habe schon verloren!
Suche den Sinn und finde ihn nicht!
Schuld!
Wer hat Schuld?
Niemand!
Für einen unerfüllten Traum gibt es keinen Täter.

„Warte nicht auf das Glück,
  es wird Dich dann nicht treffen,
  Glück kommt immer unvorbereitet.

Wenn es dann erscheint,
  frage nicht und stelle es nie in Frage,
  sondern halte es mit beiden Händen fest,
  sonst könnte es wieder vorbei ziehen. "

So klein sie auch scheint,
von innen so groß, dass sie größer nicht sein kann.

Von außen sie kaum spürbar ist,
von innen voller Gefühle, dass sie stärker nicht sein können.

Oft sie wird übersehen,
doch ist sie so auffallend, dass sie es mehr nicht sein kann.

Sie scheint oft so kalt,
doch innen ist mehr Leben, dass es lebhafter nicht sein kann.

Sie scheint oft so sinnlos,
doch ist sie so voller Sinn, dass sie sinnvoller nicht sein kann.

Sie scheint oft so unwichtig,
doch ist sie so wichtig, dass sie wichtiger nicht sein kann.

So unwirklich sie auch oft scheint,
so ist sie echt, dass sie echter nicht sein kann.

Ihr Weg so leicht zu sein scheint,
sie doch einen schweren Weg ging, dass er schwerer nicht sein kann.

Aus dem tiefsten des Inneren, aus dem Urgestein des Lebens entstand sie
und wählte den schwersten aller Wege. Sie ging ihn unverdrossen, wider-
setzte sich allem, das sich ihr in den Weg stellte. Sie kannte die Hölle und
den Himmel, den Glauben und die Angst, die Hoffnung und das Hoff-
nungslose, dass Schwache und die Macht der Zerstörung,
den Hass und die Liebe.

Sie scheint bei und mit mir zu sein,
doch ist sie mehr, sie ist mein, dass sie meiner nicht sein kann.

Sie spiegelte mein Leben wider, sie offenbarte mich und sagte für mich:
„Ich liebe Dich!"

       Das ist, was sie Dir sagt,
       meine Träne.

Wenn Gefühle reden, können wir es oft nur hören und verstehen.

Bin ein Träumer, ein Tramp, ein Clown.
Das Salz im Meer dieser Zeit.
Dachte von niemandem gesehen,
von niemandem bemerkt zu werden.
Doch konnte ich die Wahrheit gar nicht sehen,
weil ich einst verschlossen war.
Ich kehrte zurück in meine Schattenwelt.
Es war nur ein Traum, der zerstört,
ohne zu wissen, wie er geträumt wird.

Das ist, was ein verschlossenes Herz fühlt!

Meine Gefühle

Gefühle, die nicht mehr waren.
Gefühle, die nicht gekannt.
Gefühle, die schon verbrannt.
Gefühle, die ertrunken in Tränen des Schmerzes.
Gefühle, die mein Herz einst belebten.
Gefühle, die mich einst freuten.
Gefühle, die einst mein waren.

Sie sind wieder da,
sie haben sich wieder gezeigt,
sie haben mich wieder erreicht.

Ich danke Dir für meine Gefühle.

Deine Augen, sie strahlen,
Dein Lachen erhellt den Raum,
Deine Haut sanft wie Seide,
Deine Haare, so weich und schön,
Dein Mund, so zärtlich, dass er es mehr nicht hätte sein können,
Dein Körper, schön wie die Natur ihn erschaffen,
Deine Küsse, so voller Gefühl,
dass man nicht mehr aufhören mag.
Dein Streicheln, dass einen in seinen Bann zieht,
Dein Festhalten, dass man nicht mehr losgelassen werden will,
Dein Wesen, der Glanz, der sich spiegelt in der Nacht und am Tag

Das bist Du, und das ist das, was ich will.

Wer KEIN Risiko eingeht,
der geht das GRÖSSTE Risiko ein.

Ich liebe, ich höre, ich fühle, also bin ich

EIN GEFÜHL

Das Tor ging auf, und ich sah in Dein Gesicht.
Ich war hier fremd, doch Dein Lächeln gab mir Wärme,
ich fühlte mich wohl in einer fremden Umgebung.
Man sagte mir, Du wärest nett und auch sehr schön.
Ich war schon sehr neugierig und wurde nicht enttäuscht.
Die Augenblicke zählen in diesem Leben.

Das war einer von ihnen.

Ich dachte, Du wärest unerreichbar für mich,
und so machte ich den Fehler, Dich zu attackieren.
Ich habe es nicht bös gemeint, und es tut mir auch sehr leid,
ich hoffe, Du verzeihst mir.
Ein Spinner und ein Träumer bin ich,
denn nur in meinen Träumen bin ich glücklich.
Dort bekomme ich keine Niederlagen,
und verlasse auch nicht als Verlierer das Feld.

Deshalb halte ich an meinen Träumen fest.

Vielleicht ist der Traum der einzige Platz,
wo diese Gefühle erwidert werden.
Seit ich Dich kennen gelernt habe, ist in mir eine Fülle und eine Leere.
Es ist schön, Dich wieder zu sehen,
ich hoffe, Du verzeihst mir meine Fehler.
Doch selbst, wenn Du es nicht verzeihen kannst, und wenn Du meine
Gefühle nicht erwidern kannst, bedanke ich mich für diese Gefühle.

Ein Liebesbrief an jemand Unbekannten.

Bin kein Held und bin nicht groß.
Gefühle verwirren mich, ich weiß nicht mehr wohin.
Kontrolle zu halten, Regie zu führen, dass ist was mir liegt.
Doch nun bin ich nur eine Figur in meinem eigenen Film.
Wie ein Spieler, der zum Spielball wurde.
Was haben meine Gefühle zu Dir aus mir gemacht?
Was geschieht mit mir?
Nach vorne war meine Devise. Immer wieder aufstehen.
Doch dann kamst Du!
Wie Medusa ließt Du mich versteinern.
Du tatest nichts Böses.
Doch wurde meine Welt aus den Angeln gerissen.
Eine Frau meiner Gefühle ansprechen, fiel mir immer sehr schwer.
Doch bei Dir versagte ich.
Wenn Du vor mir stehst,
scheint der Himmel auf Erden zu sein, und ich schwebe.
Doch ich starre Dich nur an, nichts in mir bewegt sich mehr.
Wie ein toter Stein.
Um mich herum blüht das Leben, und ich suche Dich.
Doch bist Du dann da, bin ich kein Held.
Ich verkrieche mich in mir selbst.
Oft warst Du so nahe, dass mein Herz schlug, laut in der Stille.
Verzeih mir diesen Brief. Nicht zu nahe will ich Dir treten.
Dich nicht aus einer heilen Welt zerren.
Nein, ich will mich nur offenbaren,
es wagen, meine Gefühle endlich raus zu schreien!
Und dich um Verzeihung bitten für mein stilles Schweigen.
Du solltest wissen, dass Du die kleine Prinzessin bist, die mich aufweckte,
auch wenn ich damit noch nicht ganz umgehen kann.
So danke ich Dir für Gefühle, die ich längst vergaß und Gefühle,
die ich noch nicht kannte.
Ich erfuhr, dass Du nicht alleine bist,
ein anderer sein Leben mit Dir teilt.
Ich habe nicht vor, es Dir schwer zu machen,
habe nicht vor, Dir ein Klotz am Bein zu sein.

Ich werde nicht zwischen eine Harmonie gehen,
werde Dich nicht aus einer heilen Welt holen.
Werde keinen Frieden zerstören.
Ich kann nur hoffen, dass Dein Glück,
mit wem auch immer,
Dir erhalten bleibt.
Hoffnung ist etwas, was mir bleibt, mein Schweigen zu brechen.
Und dass sich unsere Welten doch einmal treffen.
Möchte nicht Zahlen benutzen, die einst geschrieben. Möchte nicht die Worte
sagen, die schon einst gesagt, doch fällt mir auch so vieles ein, so verwerfe ich
es, finde es untertrieben.
Möchte nur versuchen, meine Gefühle Dir zu schreiben.
Wenn ich Dich sehe,
so strahlt in meiner dunklen Welt wieder die Sonne.
Du lässt wieder in mir das Gras wachsen und die Blumen gedeihen.
Du bist meine kleine Waldfee, die voller Wärme ist.
Noch schüchtern und zart, noch voller Leben.
Du bist wie der zarte Wind, der mich emporhebt,
mich drehen und wenden lässt, mich entfernt vom dunklen Bösen.
Du bist wie ein Samen, der zu einer Sonnenblume gedeiht,
Du bist wie der kleine Bach, der den Weizen durchströmt.
Nicht arrogant, nicht hochnäsig, sondern voller Gefühl, das bist Du.
Du bist meine Prinzessin, meine Waldfee.
Du bist mein Traum.
So sehe ich Dich Tag und Nacht vor mir. Nur eine Träne entspringt mir, die
mir sagt, Du bist nicht da. Ich habe mich in Dich verliebt und habe es nie
gewagt, Dich anzusprechen.
So halte ich an einem Traum, an einem Traum mit Dir.
Sollten unsere Wege auch nie zusammentreffen,
so hoffe ich doch, in naher Zukunft
Dich zu meinen Freunden zählen zu dürfen.
Mit Dir zu tanzen,
 mit Dir zu lachen und zu weinen.
Nun habe ich das Schweigen gebrochen und bin doch kein Held.

DU FRAGTEST MICH, MEIN KIND, WAS LIEBE IST.

Liebe, eine gute Frage. Eine leichte Frage, dafür eine umso schwerere Antwort. Nun, Liebe. Na gut, ich werde es versuchen.

Liebe ist eine Art Spiel, obwohl das Wort Spiel eine Unterstufung, ein zu geringes Wort für die Liebe ist.

Trotzdem ist es eine Art Spiel. Man kann dabei schneller verlieren als gewinnen. Es ist ein Spiel mit dem Feuer. Entweder man gewinnt, oder man verbrennt. Wenn man verliert, bekommt man Angst.

Ein gebranntes Kind scheut das Feuer, trotzdem kommt der Tag, an dem Du wieder heran gehst, wieder versuchst, das Feuer mit bloßen Händen zu fangen. Es wird wärmer und wärmer. Es wird heiß und dann fast unerträglich.

Und dann? Die Chancen zu gewinnen, sind gering. Leider sehr gering!

Doch das heißt nicht, dass man keine Chancen hat.

Ich versuche es anders. Liebe ist eine Art Gefühl.

Ein Gefühl? Nein, es ist das Gefühl! Alles geht von ihr aus, selbst der Hass geht von ihr aus. Die Liebe ist der Himmel auf Erden, aber auch sogleich die Hölle. Wenige Menschen wissen, was Liebe ist. Sie verwechseln die Liebe mit der Sehnsucht. Das ist leider sehr dumm. Doch auch mir ist das schon oft geschehen. Glaube mir, Liebe und Sehnsucht sind wie Zwillinge. Es gibt natürlich einen Unterschied, er ist so groß, dass jeder ihn sehen müsste, aber so klein, dass ihn kaum einer bemerkt. Und wenn, meistens viel zu spät. Sehnsucht ist eine Art Liebe auf Zeit. Auch ein Spiel. Doch dieses Spiel ist verloren, bevor es anfängt. Man merkt es aber erst, wenn man am Boden zerstört ist.

Liebe, nun ja. Liebe ist das, von dem viele sagen, sie wissen, was es ist. Doch so richtig weiß es kaum ein Sterblicher. Viele reden davon. Doch Vorsicht! Es ist schneller der Satz : „Ich liebe Dich!" gesagt als begriffen. Man muss alt werden, sehr alt, um in etwa zu erklären, was Liebe ist.

Und dann besteht immer noch die Gefahr, es doch nicht zu wissen. Es gibt viele, die ein Spiel mit diesem Spiel spielen, doch sie merken nicht, dass dies ein Bumerang ist. Er kommt immer wieder zurück. Man verliert, das steht fest. Nur einige haben Glück, und der Bumerang kommt erst sehr spät zurück. Doch verlieren tun sie im Endeffekt trotzdem.

Liebe, nun ja. Man muss sich vorsichtig herantasten. Gut, man kann jetzt behaupten, ich beachte einfach die Liebe nicht, wenn sie auch so zerstörerische Auswirkungen haben kann, aber Du tust es doch. Liebe ist so wie die Luft, die Du einatmest, du kommst nicht drum herum.

KEINE CHANCE!

Ich habe soviel darüber erzählt, doch das alles ist nichts im Vergleich dazu, was Liebe ist.

Die Liebe macht uns alle zu Spielern. Liebe macht uns alle zu Abhängigen. Wer meint frei zu sein, ist im Irrtum. Keiner ist frei. Wir sind Spieler und auch noch abhängig.

Und das ist wieder ein Kampf, den uns die Liebe aufzwingt. Ein Kampf gegen die Angst, niemals frei zu sein. Liebe ist auch eine Art Kämpfer. Jeden Tag heißt es kämpfen mit ihr, aber auch gegen sie. Man kämpft mit der Liebe, um die Liebe zu besiegen. Du fragst mich jetzt, ob ich da nicht etwas durcheinander bringe? Nein, dass tue ich nicht, hoffe ich. Du wirst noch dahinter kommen.

Du empfindest Liebe für andere, auch Du wirst geliebt, ein Kreislauf.

Liebe ist eine Art Schweben in das Licht, kein Anfang, kein Ende und nicht immer sichtbar. Es atmet nicht, es hat keine Gefühle und doch ist es Wirklichkeit. Verwirrend, ich weiß. Aber die Liebe ist verwirrend. Liebe ist unzerstörbar und so leicht zerstörend und aufbauend. Die Liebe ist ein Begriff, der einfach zu sagen ist, aber überhaupt nicht richtig zu erklären. Na ja, dumm so etwas, aber auch das ist Liebe. Verstehst Du nun, welchen Weg ich meinte? Nun habe ich versucht es Dir zu erklären und das mit den unterschiedlichsten Erklärungen. Ich merke schon, man muss sehr alt werden, um es richtig zu verstehen. Ich bin wohl nicht alt genug. Auch ich spüre in mir den inneren Schrei, wie Deiner nach der Frage :

„WAS IST LIEBE?"

Wie die Nacht,
　　als ich sie sah, sah ich in die Nacht.
Dunkel und doch so klar, rein und es war wahr.
Eine Tiefe, die tiefer als der Grund des Meeres,
　　eine erfüllte Tiefe, dass sie voller nicht sein kann.
Wärme, Geborgenheit ist, was ich fand und was mich band.
Ich sah hinein und sah das Leben,
sah die Hoffnung, ich sah die Nacht.
Ich sah den Panther, der nicht gezähmt, wild,
　　doch ist der Panther geschmeidig und sanft,
　　　　nicht zahm und doch so weich.
So elegant und voller Stolz er dahin zieht, so sind auch sie.
Mich durchzog ein Schauer, der nicht beängstigte,
eine Kraft, die keine Gewalt ausübt.
Sie kannten mich nicht, doch waren sie vertraut.
Sie nahmen mich auf, schützten mich und offenbarten sich.
Ich habe mich an sie verloren.
Wie die Nacht waren sie, sie, die mich nicht mehr losließen.
Sie waren es, die mich hielten,
sie waren es, die mich bändigten,
sie waren es, die mir Liebe gaben.
Sie gaben mir den Halt, den ich brauchte,
　　das Glück, wonach ich strebte,
　　　　die Hoffnung, die ich suchte,
　　　　den Sinn, den ich meinte,
　　　　　die Wärme in der kalten Zeit.
Sie gaben mir Gefühle, die ich noch nicht kannte.
　　　In ihnen finde ich mich wieder.
　　　　Sie sind wie die Nacht,
　　　　　　Deine Augen.

MEIN STERN

Ein Stern am Himmel, seltsam, es sind mehrere dort oben,
aber dieser eine Stern ist anders.
Es ist schon spät, ich sollte eigentlich schlafen.
Aber ich kann nicht.
Dieser Stern dort oben, so heftig er scheint.
Er lässt mich träumen.
Ja, es sind schöne Träume.
Dieser Stern dort oben, so weit weg.
Er erinnert mich so sehr an Dich.
Ja, Du. Du beherbergst meine Träume.
Als ich Dich sah, wie Du lächeltest,
ging mir ein Kribbeln durch den Körper.
Dieser Stern ist anders, wie auch Du.
Etwas Besonderes, dass weiß ich.
Dein Lächeln so süß und frei, hat mich in seinen Bann gezogen.
Aber es war nicht nur Dein Lächeln, nein.

Das warst Du.

Du strahltest Wärme aus und bist so Mensch.
Ja, Du ziehst nicht wie alle anderen eine Maske auf.
Du gibst Dich wie Du bist.
Ja, ich gebe zu, Du hast mein Herz in der Hand.
Halte es fest, wirf es nicht weg.
Dieser Stern dort oben, er ist so weit weg.
Ich sehe ihn an und habe Angst
Angst, dass auch Du so weit weg bist.
Ich hoffe, ich schaffe den Griff nach diesem Stern.

Möchte ein Clown sein.
Weil Du dann lachst.
Möchte ein Clown sein.
Denn dann sehe ich Dein Lachen ,
ich möchte nicht nur animieren.
Nein, Dein Lachen verzaubert.
Möchte ein Clown sein.
Wenn Du lachst, so ist es Philosophie.
Möchte ein Clown sein.
Weil die Welt sich dann dreht und der Himmel strahlt.
Möchte ein Clown sein.
Weil das Universum dann in Deinen Augen glänzt.
Möchte ein Clown sein.
Weil dann alles andere so klein scheint.
Möchte ein Clown sein.
Weil Dein Lachen lebt.
Möchte ein Clown sein.
Weil DU es bist!

Möchte ein Clown sein.
Weil mein Herz von Lachen lebt.

Danke, für Dein Lachen.

Zum Valentinstag

Es war der Tag, an dem sich die Großen dieser Erde trafen.
Es waren Professoren, Wissenschaftler, Forscher, Psychologen, Philosophen, viele weise und große Menschen dieser Erde. Sie trafen sich, um die Liebe zu erklären. Sie saßen in einem großen Kreise.
Als alle anwesend waren, stand der erste auf.
Ein Professor. Er erläuterte die Liebe auf seine Art. Er erklärte und erläuterte. Nachdem er erläutert und erklärt hatte, war der Raum gespalten. Ein Teil glaubte ihm, ein Teil glaubte ihm nicht.
Die Reaktionen waren Kopfschütteln oder Kopfnicken. Manche zukkten nur mit den Achseln.
Nur ein kleiner, weiser, alter Mann sagte: „Ist es so?"
Der Nächste stand auf, ein Philosoph. Er erläuterte philosophisch die Liebe, auf seine Art und Weise. Wieder war die Antwort der anderen ein Nicken oder ein Schütteln mit dem Kopf. Und auch hier zuckten einige mit den Schultern.
Doch der alte, kleine, weise Mann sagte schon wieder: „Ist es so?"
Und so ging es den ganzen Tag und die ganze Nacht. Immer mehr weise und immer mehr große Menschen standen auf und erklärten und erläuterten die Liebe auf ihre Art und Weise.
Die Reaktionen waren immer wieder dieselben. Kopfschütteln, Kopfnicken, Achselzucken.
Und auch der alte, kleine, weise Mann sagte nach jedem Bericht nur: „Ist es so?"
Es ist viel Zeit vergangen und als alle was sagten, stand einer der großen Menschen auf und sagte: „Nun alter Mann, man sagt du bist so weise. Alle von uns haben schon etwas berichtet. Alle haben schon etwas erklärt. Nur du, du hast uns deine Art der Liebe noch nicht erläutert. Du hast immer nur dreist gesagt −Ist es so?− Nun sind wir neugierig, wie deine Art der Erläuterung der Liebe ist und wie du uns die Liebe erklärst. Lass uns lauschen, vielleicht können wir alle noch etwas von dir lernen!"
Diese Ironie in diesem Satz ließ den Mann langsam aufstehen.
Er schaute sich die Menschen im Kreise alle an und sagte:
„Nicht die sind weise, die versuchen die Liebe zu erklären,
sondern die, die es erst gar nicht versuchen!"

NICHT IMMER IST DAS LIEBE,
WAS WIR FÜR LIEBE HALTEN,
SONDERN DAS, WOVOR WIR ANGST HABEN.

Schatten der Nacht.

Endlich ist es dunkel. Endlich ist es Nacht.

Der nächste Tag naht, ein Tag näher dem Tag, an dem ich dich sehe.

Und doch ist er noch so weit weg.

Ich bin allein und ihnen hilflos ausgeliefert, den Schatten der Nacht.

Jeden Tag und jede Nacht denselben Kampf.

Ich tue was ich nur kann. Ich laufe, doch es ist vergebens.

Sie holen mich ein, die Schatten der Nacht.

Wie ein Raubtier über sein Opfer fallen sie über mich her.

Sie zeigen mir, wie ich sein kann, oder wie ich sein könnte.

In meinen Träumen zeigen die Schatten der Nacht, wie du lachst.

Dein Lächeln, es gibt mir Wärme. Doch heute spüre ich nur die Kälte.

Du weißt nicht, was in mir vorgeht. Du weißt nicht, wie ich fühle.

Schatten der Nacht wollen mir Halt bei dir zeigen.

Doch deine Zurückhaltung macht mir Angst.

Ich muss den Kampf gegen die Schatten der Nacht

immer und immer wieder aufs neue aufnehmen.

Immer und immer wieder nehme ich den Kampf auf,

um nicht unterzugehen.

Denn wenn du nicht auch so spürst und fühlst, werde ich fallen.

Ich werde fallen in eine Schlucht, und nichts hält den Sturz mehr auf.

Je mehr ich den Schatten nachgeben muss,

desto tiefer ist der Abgrund.

Ich bin einst gefallen und habe Angst. Ja, ich habe Angst.

Denn dieser Abgrund ist tiefer denn je.

Aber wenn du auch so fühlst.

Nein, schon wieder sind die Schatten da und zeigen Dich.

Alles, was ich auch versuche,

ich schaffe nicht, die Schatten der Nacht loszuwerden.

Dabei könnte doch ein ehrlich gemeinter Satz,

die Schatten für immer verschwinden lassen.

Wie es weitergehen mag?

Ich weiß es nicht.

Wie die Zukunft aussieht.

Ich weiß es nicht!

Aber was auch kommen mag, du wirst nie diese Zeilen lesen und du
wirst vielleicht auch nie erfahren, wie sehr ich dich liebe.   Shadow!

TRÄUMER

Du bist schon ein seltsamer Mensch,
du machst schon die komischsten Sachen.
Du bist ein Phantast, du bist ein Träumer in der Welt der Realität!
Träume sind hier nur Schäume, doch Du träumst weiter.
Um Dich herum zerbricht die Erde,
Vater Chemie zerstört Mutter Natur,
die Menschen sind grausam und voller Zerstörung.
Du aber träumst.
Liebe ist Deine große Hoffnung,
Du träumst, dass man Dir reinen Gewissens sagt:
„Ich liebe Dich!"
Du bist ein Phantast, ein Träumer!
Aber träume weiter, träume den Traum der Träume.
Träume weiter für die, die das nicht mehr können.
Die Welt ist zu realistisch, da muss es einfach Träumer geben.
Träume Deine Träume frei, Du bist die einzige Hoffnung hier unten.
Besiege mit Deinen Träumen die Realität.
Es gibt viel zu wenig Träumer auf Erden.
Tu etwas Gutes, bleibe Deinen Träumen treu,

Du Träumer!

Gedanken, sie verwirren mich,
manchmal quälen sie mich, manchmal heben sie mich.

Höhen und Tiefen – Steigen und Fallen – Lachen und Weinen

Manchmal scheint der Tag verloren,
dann fühle ich Ihn oder schau Ihn an.

Oft sehe ich den Sinn nicht mehr, in dem was ich tue,
dann gibt Er mir wieder Hoffnung.

Bin ich voller Zweifel,
so lässt Er mich wieder glauben.

Wenn ich falle,
so hebt Er mich wieder auf.

Wenn ich friere,
so gibt Er mir Wärme.

Wenn ich weine,
so lässt Er mich wieder träumen.

Wenn ich verletzt bin,
so gibt Er mir wieder Sicherheit.

Wenn ich blute,
so leckt Er meine Wunden.

Fühle ich mich allein,
so gibt Er mir Geborgenheit.

Manchmal könnte ich vor Sehnsucht schreien,
dann erinnert Er mich.

Manchmal habe ich Angst, Du würdest gehen,
dann ist Er da für mich.

Manchmal bin ich blind vor Eifersucht,
dann hält Er mich.

Manchmal bin ich vor Gefühlen auf der Flucht,
dann gibt Er mir wieder Kraft zu bleiben.

Wenn ich nicht mehr weiß wohin, dann zeigt Er mir die Richtung.

Er ist so klein – jedoch ist Er so groß.

Ich spüre und fühle Ihn,
wenn ich mal an allem zweifle, nicht mehr weiter weiß.

Dann schaue ich Ihn an, DEINEN RING,
denn er sagt für mich: „Ich liebe Dich!"

MEIN TRAUM,
Es ist nicht Nacht, und doch bin ich nicht hier
Dahin schwinden meine Gedanken, aber sie sind nicht ziellos.
Sie ziehen an einen Ort, dessen Heimat mein ist.
Dort, wo ich mein Zuhause habe,
das ich bis heute nicht kannte,
 noch nicht einmal genau kenne.
Dort, wo ein Lachen noch Bäume ausreißt,
                dort, wo Tränen noch mehr als nur Wasser sind.
Dort, wo Ängste nicht zerstören,
                dort, wo die Freiheit noch lebt.
Dort, wo Augen noch glänzen,
                dort, wo Träume noch real werden.
Wie schön ist doch dieser Ort,
 Behutsam und doch stark,
rein und doch nicht durchschaubar,
wie eine Blume, die blüht und nie vergeht.
Wie ein Traum ist dieser Ort,
wie ein Tautropfen in der Morgensonne.
Ein Ort, wo ich wieder in den Spiegel schauen kann.
Es ist ein Ort der Begegnung, und ich weiß auch, wo dieser Ort ist.
Ein Weg, der schwer und unüberwindbar ist, scheint zu ihm zu führen.
Ich werde nicht aufgeben, diesen Weg zu gehen, auch wenn ich wieder
einmal stürze, werde ich aufstehen und diesen Weg zu diesem Ort fin-
den und gehen.
Dieser Weg ist wohl der wichtigste Gang meines Lebens,
der Weg zu meinem Zuhause.
                Es ist der Weg zu Dir!
Ich werde aufstehen und zu Dir, meinem Zuhause, finden,
kein Regen und kein Sturm können mich noch aufhalten.
Es ist der Weg zu meinem und der Weg zu Deinem Herzen.
Bis an den Tag, wo ich Dich erreiche, träume ich weiter,
den Traum von Deinem Lächeln.

Den Traum, wo Wir uns wieder finden.

Was ist Liebe?

Irgendwann kommt Dein Kind zu Dir und wird Dich fragen, was ist Liebe? Oft schon habe ich vor dieser Frage gestanden, oft war die Antwort so nah, doch immer wieder verlief ich mich. Bis an dem Tag, wo dieses geschah.

Ich ging so durch die Straßen und hing irgendwelchen Gedanken nach. Ich war verwirrt und durcheinander. Wie ich so ging, kam ich an einem Leierkasten vorbei, der Mann, der ihn spielte, war blind, und ich setzte mich auf die Bank neben ihn. Sein Spielen war schön und lenkte mich etwas von meinen Problemen ab. Ich sagte kein Wort, lauschte und schaute ihn nur an. Ein armer Mann, dachte ich so vor mich hin, da sagte er lächelnd: „Was bedrückt Dich an einem so schönen Tag, junger Mann?"

Ich schaute ihn verwundert an und fragte: „Woher wollen Sie wissen, dass ich jung bin, und wo ist dieser Tag schön, es ist bewölkt, und es ist nur eine Frage der Zeit, wann es anfängt zu regnen?"

Der alte Mann lächelte und antwortete: „Deine Ausstrahlung und Deine Bewegungen verraten mir, dass Du jung bist, und der Tag ist auch bewölkt sehr schön. Die Blumen brauchen den Regen und uns allen gefallen doch die Blumen, wenn sie blühen. Du musst versuchen nicht das Grau zu sehen, versuche mit Deinem Herzen zu sehen."

„Ich dachte, Sie wären blind?" „Das bin ich auch, doch das heißt doch nicht, dass ich nicht sehen kann Ich sagte doch, Du musst versuchen mit Deinem Herzen zu sehen, so wie ich es tue, dadurch sehe ich mehr als viele andere."

Ich schaute ihn ratlos an, er verwirrte mich und verstehen konnte ich ihn auch nicht so richtig. Ich versuchte einen klaren Gedanken zu fassen, als er mich plötzlich fragte: „Ich weiß, es ist schwer zu verstehen, aber wenn Du Deine Augen zu machst, dann wirst Du irgendwann verstehen. Deine Augen sind doch nur ein Teil Deines Sehens, verlass Dich nie nur auf Deine Augen."

Ich versuchte mir Klarheit zu verschaffen um ihn zu verstehen, doch es gelang mir nicht. „Ich spüre, dass Du damit noch nicht zurecht kommst, zuviel bedrückt Dich." „Woher wollen Sie das wissen?" Er lächelte und sagte: „Wer würde sonst einem alten blinden Mann wie mir zuhören?"

Der alte Mann verblüffte mich immer mehr, und meine Gedanken kamen immer mehr durcheinander. „Sage mir, was Dich bedrückte, bevor Du Dich neben mich setztest." „Sie sagen doch, dass man auch mit dem Herzen sehen soll, dann sagen Sie mir doch, worum es bei mir geht." Der alte Mann lächelte und antwortete ganz ruhig: „Liebe", „Wie bitte?" „Es geht um die Liebe." „Woher wissen Sie das?" Er lächelte und sagte: „Es geht fast immer um die Liebe, und so angriffslustig wie Du bist, so reagiert auch ein verletzter Tiger, verwirrt, durcheinander und nach allem schlagend, was sich ihm in den Weg stellt." „Sorry, ich wollte Sie nicht angreifen, aber Sie haben recht, es geht um die Liebe. Ich komme nicht mit ihr zurecht. Ich weiß nicht, wo meine Gefühle hin sollen, ich weiß nicht einmal mehr wer ich bin." Der alte Mann lächelte und legte seinen Leierkasten beiseite.

„Mach Deine Augen zu", „Wie bitte?" „Vertraue mir, mach Deine Augen zu." Ich war verwirrt, aber ich vertraute dem alten Mann und schloss meine Augen. Eine Weile verging, dann fing er mit ruhiger und sanfter Stimme an zu erzählen. „Die Liebe, die Liebe ist das ein und alles und wird so oft egoistisch missbraucht. Es gibt vieles über die Liebe zu sagen, doch würde nur wenig davon zu verstehen sein. Die Liebe gehört zum Leben, man könnte auch sagen, die Liebe ist das Leben. Es war ein sonniger Tag gewesen, an dem ich verstand, was wahre Liebe bedeutet. Ich war im Urlaub, drei Monate in den Vereinigten Staaten von Amerika. Einen Urlaub, den ich nie vergesse. Ich war mit einigen Freunden an einem Ort dessen Namen ich vergaß. Damals war ich noch nicht blind und konnte sehen wie Du. Der Ort war wunderschön, grüne Felder, hohe Bäume, weite Steppen und hohe Berge, alles war wunderschön. Wir genossen diese Ruhe der Natur und gingen sehr viel Wandern. Wir sahen Tiere und vieles mehr, es war die wahre Natur. Eines Tages rasteten wir am Rande eines großen Berges. Wir überlegten, den Berg zu bezwingen und während wir so sprachen und planten, legte ich mich ins grüne Gras und schaute in den blauen Himmel. Als ich so im Gras lag, sah ich am Himmel einen dunklen Punkt, der seine Kreise zog. Ich schaute genauer hin und erkannte, es war ein großer Adler. Ein herrlicher Anblick. Ich wünschte frei wie dieser Adler zu sein, weit weg vom Boden, frei schwebend im Himmel, einfach nur frei sein. Und wie ich dann so vor mich hin träumte, fiel mir auf, dass der Adler immer denselben Kreis flog. Er schien keinen Millimeter davon abzuweichen. Ich fragte mich, was oder wen er beobachtete, warum flog er immer über derselben Stelle? Ich versuchte die Stelle auszumachen, die er überflog. Ich fühlte mich von dem Adler angezogen, und er hatte mein Interesse geweckt. Es entstand eine besondere Zuneigung und Neugierde. Als ich erkannte, dass der Adler einen Vorsprung am Berg überflog, raffte ich mich auf und kletterte los. Immer höher kam ich bis ich kurz vor dem Vorsprung war. Meine Freunde beobachteten mich, ohne zu wissen was ich vorhatte, doch ich kletterte unbeirrt weiter.

Ich beobachtete noch mal den Adler am Himmel, ich hatte nicht vor, ihm zu nahe zu kommen oder dass er mich als Bedrohung ansah und angriff, doch er zog weiterhin seine Kreise weit oben am Himmel, ohne nur den Versuch zu machen, näher zu kommen. Ich war mir bewusst, dass er jede meiner Bewegungen beobachtete, trotzdem ließ er mich gewähren.

Als ich auf dem Vorsprung stand, sah ich an einer Ecke ein zappelndes Etwas. Ich ging näher und erkannte einen kleinen Adler, gefangen in einer Falle. Er konnte sich nicht befreien und war hilflos. Nochmals schaute ich in den Himmel, doch auch als ich dem kleinen Adler näher kam, änderte der große Adler nicht seine Höhe. Diese verdammte Falle, dachte ich und versuchte den Kleinen zu befreien. Das war ein Kampf für sich, immer wenn ich der Falle zu nahe kam schnappte der Kleine nach mir. Er hatte Angst, auch meine ruhigen Worte konnten ihn nicht gerade freundlich stimmen. Es dauerte eine ganze Weile bis ich es schaffte, den Kleinen zu befreien, mit so wenig Kratzern und Blessuren wie es mir nur möglich war. Der kleine Adler befreit, versuchte sogleich seine Flügel auszubreiten und davon zu fliegen, doch er war zu sehr verletzt, er kam nicht von der Stelle. Verdammte Falle. Voller Zorn schmiss ich diese Falle gegen einen Felsen, wobei sie in mehrere Stücke zerbrach. Was machte ich jetzt mit dem Kleinen? Hier lassen konnte ich ihn nicht. Also musste ich ihn mitnehmen. Schon wieder stand mir ein schwerer Kampf bevor. Es ist schon eine ziemliche Arbeit gewesen diesen kleinen Adler sicher nach unten zu bekommen und dabei alle Finger zu behalten, aber mit einigen Schrammen hatte ich es dann doch irgendwie geschafft. Als ich unten ankam, schauten mich meine Freunde überrascht an.

Sie sahen den Adler und wussten, dass ich ihn mit auf die Farm, die wir für unseren Urlaub gemietet hatten, nehmen würde, um ihn zu pflegen.

Ich sah noch einmal in den Himmel, und der große Adler war fort.

Die ganze Zeit spürte ich eine ganz besondere Zuneigung zu dem kleinen Adler, auch wenn er es mir nicht gerade leicht machte. Ja, man kann sagen, dass ich den Kleinen von Anfang an liebte.

Die Farm hatte eine große Scheune, in der ich den Kleinen unterbrachte. Er hatte dort seine Freiheit soweit es sein verletzter Flügel zuließ, und keiner konnte ihm mehr was anhaben. Ich besorgte mir Verbandszeug und noch so einige Hilfsmittel, wie Maulkorb für Adler und Halteseile. Ich besorgte mir Fleisch, um den Kleinen zu füttern. Jeden Tag war ich von Morgens bis Abends bei dem Kleinen, um ihn zu pflegen und füttern. Der Kleine wehrte sich mit Leibeskräften gegen mich, und glaube mir, so ein kleiner Adler hat verdammt viel Kraft. Doch ich ließ nicht nach. Jeden Tag versuchte ich mein Glück aufs neue. Es dauerte zwei Wochen bis er sich von mir langsam füttern ließ und sich ohne Gegenwehr pflegen ließ. Ich weiß nicht, ob es der Hunger oder mein gutes Zureden war, das es vollbracht hatte, dass der Kleine mir langsam vertraute. Ich muss gestehen, meine Freunde vernachlässigte ich sehr, aber der Kleine wurde alles für mich.

Wir gewöhnten uns immer mehr aneinander, und wir wurden Freunde. Seine Heilung schritt schnell voran, und wir spielten immer mehr miteinander.

Ich spürte, wie der Kleine immer mehr ein Teil von mir wurde.

Meine Freunde schauten sich das sehr häufig mit gemischten Gefühlen an und fragten immer wieder, was ich mit dem Kleinen vorhätte, was ich mit meinem Adler machen würde. Ich schaute sie dann lange an, sagte jedoch kein Wort. Frag nicht, warum ich nichts sagte, ich weiß es selber nicht genau, aber zu der Zeit konnte ich nichts sagen.

Für mich war das alles klar, ich würde den Kleinen mitnehmen.

Ich weiß nicht, woran es lag, aber ich dachte immer mehr über den Satz nach - Mein Adler -

Es waren noch zwei Wochen bis zur Abreise. Meine Freunde kamen freudestrahlend zu mir und sagten, dass sie eine Überraschung für mich hätten. Wir gingen in die Scheune, und da stand ein großer Behälter. Verwirrt schaute ich den Behälter, dann wieder meine Freunde an. Sie sagten, sie hätten alles für mich geregelt und ich könnte den kleinen Adler mit nach Hause nehmen.

- Meinen Adler -

Ich schaute sie lange verwirrt an. Ja, mein Adler. Ich sah ihn an, und meine Gefühle überschlugen sich förmlich. Meine Freunde meinten, mich mit meinem neuen Freund allein lassen zu wollen, damit ich ihm beibringen sollte, dass dieser Behälter nur zu seinem Besten sei. Sie gingen und ließen uns allein. Ich schaute den Kleinen an.

Immer wieder schossen mir die Worte: Mein Adler ... sein Bestes, ... mein Adler ... sein Bestes, durch meinen Kopf.

Ich legte die Bescheinigung auf den Behälter, ging zu dem Kleinen und spielte mit ihm. Er spürte meine Verwirrtheit und versuchte mich aufzumuntern.

Er war wieder völlig gesund und des Fliegens mächtig. Wir spielten bis er müde wurde, dann ließ ich ihn langsam einschlafen.

Ich saß die ganze Zeit auf einem Heuballen und beobachtete, wie der Kleine schlief. ... Mein Adler ... sein Bestes.

Ich saß den ganzen Abend dort und beobachtete ihn, wie er so friedlich schlief. Ich sah ihn an und weinte. Ich beobachtete ihn die ganze Nacht. Früh am Morgen stand ich auf und befreite ihn von seinen Halteseilen, dann ging ich zum Scheunentor, drehte mich noch einmal um. Der Kleine schlief noch, dann öffnete ich das Scheunentor. Ich setzte mich vor die Scheune auf die Wiese und wartete. Meine Freunde kamen langsam auf mich zu und sahen das offene Scheunentor. Niemand sprach ein Wort. Ich wartete, doch nichts geschah. Nach einer Weile ging ich wieder in die Scheune, dort saß er immer noch auf seinem Ast, den ich ihm damals besorgte. Er sah mich verwundert an, ohne auch nur den kleinsten Versuch zu machen loszufliegen. Ich nahm ihn auf meine Hand und nahm ihn mit nach draußen.

Dort warf ich ihn in die Luft, sofort breitete er seine Flügel aus und flog höher und höher.

Als er schon sehr weit oben flog, schaute er auf mich herab und landete plötzlich direkt vor mir und wollte spielen. Meine Freunde freuten sich für mich und meinten, der Kleine hätte sich wohl für mich entschieden und dass jetzt alles gut sei, er wäre doch mein Adler.

Ich stand auf, nahm ihn auf meine Schulter und sagte keinen Ton. Mein Herz schien zu zerreißen.

Ich ging den ganzen Tag, der kleine Adler saß die ganze Zeit auf meinen Schultern, ohne auch nur den kleinsten Versuch loszufliegen.

Wir kamen an den Berg, wo ich ihn damals fand. Ich schaute in den Himmel, dort war er wieder, der große Adler. Ohne ein Wort kletterte ich wieder auf den Vorsprung, wo einst eine wahre Freundschaft begann. Meine Freunde blieben zurück, sie waren sehr verwirrt. Ich setzte den kleinen Adler auf den Boden, und er sah mich ratlos an. Mit Tränen in den Augen redete ich mit ihm und sagte, dass ich ihn liebe, meinen Adler. Ich weiß nicht, ob er meine Tränen oder meine Worte hörte, aber er verstand mich. Er breitete langsam seine Flügel aus. Er schien das mit Widerwillen zu tun, er war sehr traurig.

Ich strich noch einmal über seine Federn, er berührte noch einmal mit seinem Schnabel meine Hand und hob dann langsam ab. Er kreiste noch einmal kurz über meinem Kopf, stieg dann höher und höher. Er flog bis zum großen Adler, mit Tränen in den Augen schaute ich ihm nach. Sie kreisten jetzt beide weit über uns und verschwanden dann in den Wolken. Nur noch ihren letzten Ruf hörte ich und verstand ihn auch. Ich verweilte eine Zeit und kletterte dann wieder zu meinen Freunden, die wie angewurzelt dastanden. Sie fragten mich, warum ich das tat, es wäre doch mein Adler gewesen. Ich schaute in den Himmel und antwortete:

Weil ich ihn liebe, und erst jetzt ist er mein Adler."

Es verging eine Weile und mir drehte sich alles, doch bevor ich fragen konnte, sagte der alte Mann: „Du wirst wissen wollen, warum ich ihn nicht behielt, als er bei mir bleiben wollte. Er sah meinen Schmerz und wollte nicht, dass ich leide, doch es wäre egoistisch gewesen, wenn ich ihn behalten hätte. Weil ich ihn von ganzem Herzen liebte, musste ich ihn ziehen lassen, weil ich ihn liebte, musste ich ohne dabei an mich zu denken, sein Bestes wollen. Denn nur wer ehrlich liebt, versucht nicht bei der Liebe nur an sich zu denken, sondern lässt der Liebe ihren freien Lauf."

Wieder verging eine Weile, bis er sagte: „Ich bin glücklich, dass ich ihn habe ziehen lassen, ich weiß, dass ich ihn nie wieder sehen werde, aber ich habe meine Liebe zu ihm bewiesen, denn ich habe das Beste für ihn gewollt, ohne dabei nur an mich zu denken. Das ist Liebe, lasse immer los, wenn Deine Liebe ziehen will oder muss, denn wenn Du ehrlich liebst, wirst Du ihrem Glück nicht im Wege stehen und wirst ihr Glück wollen. So schwer das auch zu sein scheint. Wie kannst Du ehrlich lieben, wenn Du dabei nur an Dich denkst?"

Es wurde sehr still um mich, und ich dachte über alles nach.

Ich öffnete meine Augen, und der alte Mann war verschwunden.

Ich schaute mich um, doch ich sah ihn nirgends. Einfach weg und doch war er noch da. In meinem Herzen spürte ich immer mehr Klarheit. Auch spürte ich, dass er mir seine Liebe gab, auch wenn ich ihn nicht mehr sehe.

Jetzt weiß ich, was Liebe heißt, auch wenn es sehr schwer fällt, darf ich mich bei der Liebe nicht vergessen, aber wenn meine Liebe ihr wahres Glück nicht bei mir findet, so muss auch ich loslassen, egal wie schmerzhaft es auch für mich sei. Trotz meines Schmerzes darf ich nicht zulassen, dass ich gerade wegen meines Schmerzes meine Liebe festhalte an einem Ort, der nicht ihr Ort ist. Lieben heißt loslassen und doch füreinander da sein, Lieben heißt seinen Schmerz überwinden und ihm trotzen, aus liebe zu dem anderen. Und wenn ich liebe, darf ich meinen Schmerz nicht als Entschuldigung gelten lassen, um etwas zu halten, was ich nicht halten darf. Und ich bete zu Gott, dass er mir immer dabei helfen mag, wie der alte Mann, meine Liebe zu beweisen.

Ich habe gelernt von dem alten Mann, dessen Name ich nicht einmal kenne, ich habe meine Fesseln gelöst und habe losgelassen. Es tut manchmal sehr weh, aber ich werde nicht mehr egoistisch lieben. Ich werde mein Bestes geben, bei der Liebe nicht nur an mich zu denken, wie kann ich jemals wirklich glücklich sein, wenn ich weiß, meine Liebe ist nicht RICHTIG glücklich.

Die Liebe ist eine nicht erklärbare Sache, aber man kann lernen, sie zu hören. Wahre Liebe, das Loslassen und auch das Hören sind eine unzertrennbare Einheit.

Aber macht euch euer eigenes Bild vom Hören, ich hoffe, dass der Klang der Worte, ob ausgesprochen oder nicht, immer klarer wird.

DER WEG ZUR LIEBE,
FÜHRT IMMER ÜBER SICH SELBST

Wenn ich den einen oder den anderen mit diesem Buch verwirrt oder zum Nachdenken gebracht habe, so bin ich dankbar, einen Wagen zum Rollen gebracht zu haben.

Diese Geschichten und diese Briefe, die ich einst schrieb, lernt sie zu erhören, zu verstehen und nutzt sie auch.

Ich wünsche Euch in Eurer Liebe stets das wahre Glück.

Die wahre Liebe, die Herzliebe

HE FREUND!

Ein neuer Morgen, ein neuer Tag,
Schatten der Nacht, Ängste des Tages.
Sie holen Dich ein und machen Dich klein.
Wie eine kleine Maus, die sich verkriecht, Du Dich zurückziehst.
Alles so beängstigend groß und unklar,
für Dich doch so wahr.
Mit Tränen in den Augen Du verängstigt kämpfst.
Einen Kampf gegen Schatten und Zweifel.
Einen Kampf gegen FREUNDE!

So hast Du den Regenbogen gar nicht gesehen.

Die Dunkelheit doch nur Deine Sorgen sind,
die Ängste doch nur Deine Zweifel sind,
die Schatten doch nur Deine Hoffnung sind.

Mache die Augen auf!
Ziehe nicht mehr in die Schlacht,
kämpfe nicht mehr einen sinnlosen Kampf.
Es ist Dein Glück und Dein Spiegel, der vor Dir steht.
Komm heraus aus Deiner Höhle und erlebe,
komm heraus und öffne Dich,
komm heraus und finde Dich!
Du bist dabei und bereit zu erleben.
Sieh die Farben, rieche das Leben, schmecke die Sonne,
fühle das Glück, höre das Lachen.
Sei um und mit uns, wir zählen auf Dich,
und begrüßen Dich in UNSERER Mitte!

ABER: Kämpfe nicht mehr, lasse zu!

Ist es auch oft schwer, fühlt man sich auch schon mal allein,
so sind es nur die eigenen Mauern, die uns von der Wahrheit
und von unserem Leben fernhalten.
Nicht andere, keine Geschehnisse, dürfen unser Leben bestimmen.
WIR sind es, die die Mauern einreißen müssen,
WIR sind es, die unsere Wege gehen müssen,
WIR sind es, die unser Leben leben müssen,
WIR sind es, die verstehen müssen.

60

Die Liebe hat das nicht getan

Die Welt ist so groß und voll von Schönheiten.
In Dir jedoch ist es leer. Um Dich herum ist das Leben.
Du jedoch wanderst wie ein wandelnder Geist durch die Gegend.
Das Lachen reißt alle Mauern ein, doch Du lächelst nicht einmal.
Wie ein verlorenes Kind von Angst und Unsicherheit verfolgt.
Du hast Dich verlaufen.   Kleines, warum?
Steh auf, mach die Augen auf. Da gibt es so vieles, was Du versäumst.
Freunde, die Dir einen Rettungsring ins Meer werfen.
Suche Dir doch einen aus.   Die Liebe hat das nicht getan.
Das war Er, und nicht die Liebe.
Nimm einen Rettungsring, aber bitte suche Dir den Richtigen aus,
sonst bleibst Du im Meer der Resignation.
Kopf hoch, Du lebst doch, und es gibt einen neuen Anfang,
denn Freunde sind für Dich da, die Dich brauchen, wie auch ich.
Doch sag mir, wie bringe ich Dich jetzt zum Lachen?
Schau her, ich schlag einen Purzelbaum.
Lass uns etwas ganz Tolles machen, nur komm aus dem Meer hinaus.
Es gibt noch soviel zu lachen, also nimm meine Hand, und lerne,
dass man nur die fertig machen kann, die sich fertig machen lassen.
Das hat aber nicht die Liebe getan.
Nimm meine Hand und steig aus den Fluten empor.
Steige empor und mache unsere Herzen glücklich, weil wir wissen,
Du schaffst es.
Es gibt Gründe, warum Du ins Meer gefallen bist, aber Kleines, es gibt
Tausend Gründe, warum Du wieder hinaus kommen solltest.
Lebe Dein Leben, lebe Deine Liebe.
Nun, ich reiche Dir die Hand, wenn Du es nicht versuchst,
fallen auch wir hinein.   Lass es nicht zu.
Ich weiß, Du hast erkannt den Weg, den ich Dir zeige.
Das Leben hat mehr zu bieten als nur ein Meer.
Lächle mich an, reinen Gewissens, und ich weiß, Du stehst jetzt wieder
neben Deinen Freunden an Bord, und lachst.
Nur in meinem Kopf im Hintergrund ist eine stille Frage!
Was, was hast Du dort unten gesucht?

FÜR WAHRE FREUNDE

Ein Tropfen Wasser für die Blume.
Eine Träne für das Herz.
Ein Licht im Dunkeln.
Ein Feuer in der Kälte.
Ein Lächeln, das belebt.
Der Mond in der Nacht.
Die Sonne am Tag.
Das Wasser im Meer.
Die Luft zum Atmen.
Wenn dies alles nicht wichtig ist,
erst dann bist auch Du es nicht

Das bist Du!

Du bist wertvoll, wie der Wind, der so weich und doch so stark ist.
Du bist wertvoll, wie der Fluss für das Meer.
Du bist wertvoll wie das Leben.

Du kannst es nicht beschreiben,
Du kannst Dir kein Bild davon machen,
Du kannst es nicht bewundern,
Du kannst es nicht ewig verleugnen,
es ist Dein wahres Selbst, dass kein Versteck bedarf,
wenn auch die Welt um Dich zerstört wird,
bleibt es unversehrt

DANKE,

dass Du mir mein Lachen bewahrtest,
dass Du mir Wärme gabst in der kalten Zeit,
dass Du mich auffingst als ich fiel,
dass Du mir Hoffnung gabst,
dass Du mich wieder den Sinn erkennen ließest,
dass Du mich nie allein ließest,
dass Du mich immer zum Lachen brachtest,
dass Du immer zu mir standest,
dass Du mich hieltest, als ich haltlos war,
dass Du mich nie vergaßt,
dass Du mir Bedeutung gabst,
dass Du zu mir echt warst,
in der Zeit voller Lügen.

Danke, dass es Dich gibt.
Bitte bleibe immer bei mir

Kein Mensch ist so reich, dass er es sich leisten kann,
einen Freund zu verlieren!
Danke für Deine Freundschaft!

Beleidigt wie eine Gans,
      doch bist Du keine.

Stur wie ein Esel,
      doch bist Du keiner.

Bockig wie ein Widder,
      doch bist Du keiner.

Schweigsam wie ein Reptil,
      doch auch das bist Du nicht.

Eigenschaften eines Tierparks, die Dir innewohnen,
      doch sind sie nicht Du!

      DEINE Talente bisher verborgen blieben,
            außer dass Du ein netter Mensch bist,
                  aber ist das alles?

      Bitte, lerne zu Hören und schließe nicht die Tore,
      die Du noch einmal durchschreiten wirst.
      Lerne zu Hören und Du veränderst Dich,
      das ganze Leben ist eine ständige Veränderung,
      und Veränderung ist das Wagnis zu Leben.

Genau das Wünsche ich DIR!

DU!

Du fragtest mich, wer Du bist.

Willst Du es wirklich wissen?

Du trocknetest nicht meine Tränen.
Du heilst nicht meine Wunden.
Du erledigst nicht meine Probleme.
Du nimmst nicht meine Aufgaben an.
Du schaust nicht zu, wenn ich leide.
Du nimmst mein Leid nicht an.
Du versprichst mir nicht den Himmel.
Du gehst nicht mit meinen Weg.
Du nimmst mich nicht in den Arm, wenn ich kämpfe.
Du kämpfst nicht meinen Kampf.
Du zitterst nicht, wenn ich friere.
Du gehst nicht auf alles mit mir ein.
Du trittst mich auch schon mal.
Du lässt mich auch schon mal allein.
Du gibst nicht immer Deinen Rat.
Du gibst nicht immer Deinen Segen.
Du bist nicht immer auf meiner Seite.

Mitleid gibst Du mir nicht

Und du fragst mich, wer Du bist?

Du bist,
  Du bist,
    Du bist,
      Du bist,
        Du bist mein wahrer und wohl bester Freund!

ICH HABE DEINE ANGRIFFE GESPÜRT.
DU BIST AUCH OFT HART,
DU BIST OFT UNGERECHT.
DU BIST NICHT IMMER FAIR.
DOCH OFT HABE ICH GESPÜRT,
DASS DEINE ANGRIFFE GAR KEINE ANGRIFFE WAREN.

SONDERN NUR EIN STILLER SCHREI DER HILFLOSIGKEIT.

Zeilen, die gerade aufgeschrieben, verwerfe ich, find sie untertrieben,
angepasst, zurechtgebogen, um nicht zu sagen glatt gelogen.

Suche nach Worten, suche nach Versen,
doch haben sie noch zu wenig Klang.

Nur Glück werde ich euch nicht wünschen.
Ich wünsche Euch einen Traum,
nicht einen Traum vom blauen Himmel,
nicht einen Traum vom reinen Bach,
nicht einen Traum von weißen Tauben,
nicht einen Traum vom großen Glück,
nicht ein Traum vom Frieden und Freiheit,
nicht einen sinnlosen Traum.

Ich wünsche Euch einen Traum von Demut und Ehrfurcht,
einen Traum von Genügsamkeit,
einen Traum des Augenblicks,
einen Traum der Wahrheit,
einen Traum der Offenheit,
einen Traum der Begegnung,
ich wünsche Euch Euren Traum.

Seid Träumer, seid Phantasten.

Träumt, träumt weiter, träumt für die, die es nicht mehr können.
Träume sind keine Schäume.
Haltet an ihnen fest, träumt Eure Träume frei.
Macht etwas Gutes und träumt weiter Euren Traum.
Was ich Euch noch wünsche ist eine Bitte,
bleibt wie Ihr seid, dann kommt das Glück von allein.

Voller Ehrfurcht gratuliere ich Euch für Euch.

HEIKO SZCZEPANSKI

Geboren am 26. September 1967 in NRW.

Nach einer Erkrankung 1995, habe ich mich während und durch meine Genesung der fernöstlichen Heilkunst verschrieben.
Daraufhin habe ich eine Ausbildung als Shiatsu-Praktiker sowie eine Ausbildung als Psychologischer Berater genossen.

Mich reizte seit meinem 17. Lebensjahr die Kunst des Schreibens, doch habe ich damals nur für mich aus meinem Herzen geschrieben.

Ich habe meine Gefühle, meine Empfindungen aus meinem Innersten nach außen getragen. Beim Schreiben habe ich meinem Herzen freien Lauf gelassen.

Mit diesem Buch wage ich es, für mich, aber auch für andere, zu schreiben.

Weitere Bücher werden folgen.